Steven Bloom

Das positivste Wort der englischen Sprache

W0328746

Steven Bloom
Das positivste Wort der englischen Sprache

Roman

Aus dem amerikanischen Englisch
von Silvia Morawetz

WALLSTEIN VERLAG

Für meine Enkeltöchter: Jasmin, Joelle, Jenna und Lúthien Tinúviel

»In Selbsterkenntnis liegt die
Männlichkeit.«

Geoffrey Chaucer: Die Erzählung des Mönchs (1387)

Bibliografische Information der Deutschen Nationalbibliothek

Die Deutsche Nationalbibliothek verzeichnet diese
Publikation in der Deutschen Nationalbibliografie;
detaillierte bibliografische Daten sind im Internet
über http://dnb.d-nb.de abrufbar.

© Wallstein Verlag, Göttingen 2015
www.wallstein-verlag.de
Vom Verlag gesetzt aus der Stempel Garamond
Umschlaggestaltung: Susanne Gerhards, Düsseldorf
Foto: »Beatniks in einer Bar«, New York
© Jacoby/Süddeutsche Zeitung
Druck: Pustet, Regensburg

ISBN 978-3-8353-1597-6

Eins

1.

Die Mädchen hier, las Phil vor, sind wie pflückreife Pfirsiche. Saftige Details demnächst. Achtung, Postmeisterin Tuttle: Diese Postkarte zu lesen, verstößt gegen Bundesrecht und kann strafrechtliche Verfolgung und Gefängnis nach sich ziehen.

Er reichte Norman den Modigliani-Akt, und der drehte ihn schnell auf die beschriebene Seite und steckte ihn in das Verteilerfach für Athens, Georgia.

Noch ist es nicht zu spät, sagte Phil.

Könntest du dich um deine Angelegenheiten kümmern?, sagte Norman.

Du, sagte Phil, siehst da etwas grundlegend falsch. Du wähnst dich auf ewig gefeit gegen den Fluch der Einsamkeit und die Not sexueller Entbehrung. Doch der Skylla der Pubertät entronnen, wird die Charybdis der Ehe dich vernichten.

2.

Liebe Alonya, las Phil vor, wir sind gleich bis in die Krone raufgestiegen. New York ist schon ok, nur tragen gewisse ELEMENTE die Nase so hoch, dass wir uns auch wieder auf daheim freuen, denn da wissen diese Leute, wo sie hingehören. Behüt dich Gott, LuAnn.

Er balancierte die Karte auf der ausgestreckten Hand.

Hier, Norman, sagte er, haben wir ein klassisches moralisches Dilemma. Einen ganz offensichtlichen Wertekonflikt. Auf der einen Seite das unveräußerliche Recht der freien Rede, auf der anderen das zwingende Gebot, Rassismus zu bekämpfen. Vielleicht sollte ich die gute Miss Liberty einfach in den kaum sichtbaren Spalt zwischen unseren Schränken schieben, wo sie unbeschadet sieben Jahre überwintern kann.

Phil spielte auf die Legende an, dass jemand hier auf diesem Postamt einmal einen Brief aus so einem Spalt fischte, der laut Poststempel sieben Jahre dort gesteckt hatte. Der Angestellte, der ihn fand, brachte ihn pflichtgemäß zu seinem Vorgesetzten und fragte, was er tun solle. Der Legende nach zuckte der Vorgesetzte die Achseln und sagte: zustellen.

Behüt dich Gott, sagte Phil, ist nicht ganz unwichtig.

Er sah zu der hohen Kuppeldecke hinauf.

Sieh da, sagte er, ich vernehme ein leises Stimmchen. Es sagt, mehr Vertrauen in den freien Markt der Ideen, Bamberger. LuAnn steht für ihre drei Cent derselbe Service zu wie allen anderen.

3.

Unser hiesiger *Obersturmbannführer*, sagte Phil, hat mir gerade anvertraut, Juden seien in Wirklichkeit viel bessere Arbeiter, als manche Leute denken.

Mr. Wohlfahrt saß an seinem Tisch, rauchte eine Zigarette und las die *Daily News*.

Eichmann, sagte Phil, war noch dazu Katholik. Die Erziehung zu blindem Gehorsam kann sich unter den richtigen Umständen als sehr nützlich erweisen. Obwohl die Katholiken in puncto blinder Gehorsam nicht die Einzigen sind. Ein typischer Amerikaner taugte, wenn er die Möglichkeit dazu hatte, genauso gut zum guten Deutschen wie die Deutschen selber. Während des Kriegs wurden an der Westküste lebende Personen japanischer Herkunft, in der Mehrzahl amerikanische Staatsbürger, in Umsiedlungslagern interniert, und niemand hat protestiert. Niemand wusste, ob es in diesen Lagern

Gaskammern oder Krematorien gab oder nicht, aber das hat auch niemanden interessiert. Ihr Führer hatte einen Erlass verkündet, und es wurde nicht für nötig gehalten, dass jemand Fragen stellt. Und müssten wir ab morgen statt Post in den Süden Puertoricaner in Konzentrationslager befördern, würde das bestimmt nur wenigen Kollegen einen schlaflosen Tag bereiten.

4.

Norman war der Meinung, er hätte sich für *Geschichte der westlichen Zivilisation* bei Dr. Morath eingeschrieben, der Fachbereich Geschichte hatte ihn jedoch böse hereingelegt. Er hatte genau die Lehrkraft erwischt, vor der man sich, wie er gehört hatte, hüten sollte; das sei ein richtiger Drachen.

Ich habe lediglich danach gefragt, sagte Miss Very, wann der Albigenserkreuzzug stattfand. Das Datum steht in Ihrem Lehrbuch. Sie sollten eine schuldbewusste Miene aufsetzen, Miss. Sie sind unter falschem Vorwand an diesem College. Ich rate Ihnen, sich lieber nach einem Ehemann umzusehen.

Sie da mit der schlechten Haut, können Sie uns das Datum für den Schleitheimer Artikel sagen? Nein? Dann wollen wir mal sehen, ob unsere Negerin etwas weiß.

Karl der Dicke, Geburts- und Sterbejahr.

Entschuldigung, Ma'am, sagte Savannah.

Ethelred der Unberatene?, sagte Miss Very.

Savannah schüttelte den Kopf.

Pippin der Kurze?, sagte Miss Very. Philipp der Lange? Karl der Einfältige?

Savannah schüttelte abermals den Kopf.

Sie machen Ihrer Rasse nicht viel Ehre, wie?, sagte Miss Very.

Sie zeigte auf Norman.

Widerrufung des Edikts von Nantes?, sagte sie.

Edikt von Fontainebleau, 1685, sagte Norman.

Das Auserwählte Volk, sagte Miss Very, lässt alle anderen weit hinter sich.

Nach dem Unterricht wartete Savannah im Korridor.

Kleine Karteikärtchen, sagte Norman. Auf der einen Seite »Edikt von Fontainebleau«, auf der anderen »1685«. Die wendest du so lange um und um, bis du wie ein Pawlowscher Hund bist.

5.

Savannah war Negerin, und darum hatte Norman an sie nicht so gedacht, wie er an andere Mädchen dachte. Aber dann hatten sie sich zufällig in der Semesterpause getroffen und eine ganze Weile auf einer Bank gesessen und sich schließlich geküsst. Und an dem Abend, an dem Phil ihm erklärte, warum der dialektische Prozess jemanden dazu trieb, Anarchist zu werden, begriff Norman, dass Savannah ihn heiraten würde.

6.

Anfangs hatte Norman beim Zuschauen nicht das Geringste verstanden, aber schon bald durchschaute er die Regeln. Das Spiel, sagte ihm jemand, heiße Whist. Whist, fiel ihm ein, wurde in Anthony Trollopes Roman *Septimus Harding, Spitalvorsteher* gespielt. Trollope hatte selbst sieben unglückliche Jahre als Postangestellter im Londoner Hauptpostamt zugebracht. Genau genommen arbeitete er in der einen oder anderen Position sogar weiter bei der Post, nachdem er bereits Romane schrieb.

Für gewöhnlich spielten nur die Neger Whist, ausgenommen eine Runde, die aus drei Negern und dem einen Weißen bestand, der älter als alle anderen in der Nachtschicht war, sogar als der Schichtleiter. Bei den vier sah Norman für gewöhnlich zu. Meistens gewannen der Weiße und sein Partner. Bei anderen Spielern kam es schon mal vor, dass einer aufstand und die Karten auf den Tisch knallte; der Weiße tat das jedoch nie.

Eines Nachts sagte einer der Neger: Sie sind zu gut für uns, Mr. van Hayton. Wir sollten Sie gar nicht mehr mitspielen lassen.

Ihr würdet nicht glauben, sagte Mr. van Hayton, wie gut ich früher mal war.

7.

Sagt dir der Name Mr. van Hayton etwas?, sagte Norman.

Ehemaliger Kontraktbridge-Meister, sagte Phil.

Im Ernst?

Heute auf Whist im Pausenraum des Hauptpostamts zurückgeworfen, sagte Phil. Seine Geschichte, Norman, ist tragisch, aber du könntest dennoch eine Lehre daraus ziehen, was ich freilich bezweifle. Der Mann ist dreiundsechzig Jahre alt und wegen einer jungen Gemahlin gezwungen, sich mit uns abzugeben.

Das denkst du dir aus, sagte Norman.

Er hat es mir selbst anvertraut, sagte Phil. Manche Leute finden offenbar Trost darin, anderen von ihrem Kummer zu erzählen. Als die junge Gemahlin das ganze Geld ausgegeben hatte, das er aus seiner Turnierzeit zurückgelegt hatte, verlangte sie ein regelmäßiges Einkommen, weil er auf dem Niveau, das er mal besaß, nicht mehr mithalten konnte. Doch wer sollte einen alten Mann mit Übergewicht beschäftigen, dessen einziges Talent das Kartenspiel war? In seiner Verzweiflung hat er den Test bei der Post gemacht, die höchste Punktzahl erreicht und wurde bald darauf eingestellt.

Hätte er nicht auf die trügerische Sicherheit der Ehe gebaut, Norman, für ihn allein hätten seine bescheidenen Gewinne weiter gereicht und er brauchte jetzt nicht mitten in der Nacht Briefe zu sortieren.

8.

Wenn man heiratet, sagte Jerry, kann man nach und nach alles machen, was man will, und was man will, geht trotzdem nicht weg. Nicht zu vergessen den kleinen Mann im Boot küssen.

Norman sah an Jerrys anzüglichem Grinsen, dass der auf etwas Sexuelles anspielte, kannte sich in puncto weibliche Anatomie aber nicht gut genug aus, um es zu verstehen.

Hat sich dein Freund heute abend krankgemeldet?, sagte Jerry.

Das weiß ich doch nicht, sagte Norman.

Würde mich nicht überraschen, sagte Jerry, wenn der sich eine Tropenkrankheit zugezogen hätte. Gewisse Leute hier machen einen Dschungel aus diesem Laden.

9.

Du hast weniger Hirn als ein Pavian, schrie Queen Esther.

Na, wenigstens bin ich kein Flusspferd, schrie Saddletime.

Flusspferd?, schrie Queen Esther.

Sie boxte Saddletime in den Arm.

Hört mal, ihr zwei, sagte Mr. Wohlfahrt, wir sind zum Arbeiten hier.

Dieser Holzkopf belästigt mich dermaßen, dass ich gar nicht denken kann, sagte Queen Esther.

Belästigen?, sagte Saddletime. Da kann ich nur lachen. Dieses Weib …

Tauschen Sie mit Goldstein, sagte Mr. Wohlfahrt.

Wieso ich?, sagte Saddletime.

Ich an Ihrer Stelle, sagte Mr. Wohlfahrt, würde den Bogen nicht überspannen.

Mach's gut, Holzkopf, sagte Queen Esther.

Saddletime zog auf die andere Seite des Gangs um, und Norman setzte sich neben Queen Esther.

Der hat mir gerade noch gefehlt, sagte sie. Der Verrückte. Du und Bambi, ihr seid bald Stadtgespräch.

Zufällig werde ich demnächst heiraten, sagte Norman.

Eine Frau?, sagte Queen Esther. Gelobt sei Jesus Christus.

Norman wollte einen Brief in das Fach für Lenoir, North Carolina, schieben, traf aber die Leiste, die Lenoir von New Bern trennte, und der Brief fiel zu Boden.

Bist ganz schön nervös, sagte Queen Esther. Macht es dich nervös, neben mir zu sitzen?

Norman stieg von seinem Hocker und hob den Brief auf.

Angeblich machen Weiße gar nichts, ehe sie nicht verheiratet sind, wie es sich gehört, sagte Queen Esther.

Das hängt ja wohl von den Beteiligten ab, sagte Norman.

Ha, sagte Queen Esther, und zweimal ha. Ihr Juden bildet euch ein, es kommt nur auf Grips an. Aber wenn du mit einem Mädchen zusammen bist, ist der Grips egal.

Sie nahm die Hände herunter.

Von wegen glücklich bis ans Ende ihrer Tage, sagte sie. In der Ehe geht's immer weiter bergab.

Sie drehte sich um.

Holzkopf, schrie sie.

Mehr hast du nicht auf Lager?, sagte Saddletime.

Arschloch, schrie Queen Esther.

Mit Löchern kennst du dich aus, was, sagte Saddletime.

Halt deine Zunge im Zaum, sagte Booker Smith.

Die hat doch angefangen, sagte Saddletime.

Wird es eine große Hochzeit?, sagte Queen Esther.

Nur die Angehörigen, sagte Norman.

Wie heißen noch mal die jüdischen Kirchen?, sagte Queen Esther.

Synagogen, sagte Norman.

Ja, genau, sagte Queen Esther. In so einer ist mein Onkel Earl Hausmeister. Diese Juden sind reich wie Gott.

10.

Der kannst du kein Wort glauben, sagte Saddletime. Das ist eine geborene Lügnerin.

Wenn ihr nicht an eure Plätze geht und weitersortiert, sagte Mr. Wohlfahrt, nehm ich eure Stechkarte und stempel euch aus.

Mann, wieso hacken Sie immer auf mir rum?, sagte Saddletime.

Vielleicht weil du der Weltmeister im Nassauern bist, sagte Mr. Wohlfahrt. Seit wann seid ihr denn so dicke Freunde, du und Goldstein?

Ich wollte den bloß was fragen, sagte Saddletime.

Schön, aber tu das in deiner Freizeit, sagte Mr. Wohlfahrt. Und jetzt zurück an deinen Platz und sortieren.

Diese Leute treiben mich in den Wahnsinn, sagte Mr. Wohlfahrt, als Saddletime gegangen war.

Er legte die Hand auf Queen Esthers Hocker.

Und die hier, sagte er, könnte ein Jungchen wie dich schon vor dem Frühstück verspeisen.

Hab ich dir gefehlt?, sagte Queen Esther, als sie wiederkam.

Sie lächelte breit.

Du hast es noch nie gemacht, sagte sie, das weiß ich. Ist aber nicht schlimm. Queenie kriegt das alles wunderbar hin.

11.

Unter den zwanzig für die Südstaaten zuständigen Briefsortierern, zehn auf der Georgia-Alabama-Louisiana-Mississippi- und zehn auf der North-Carolina-South-Carolina-Seite des Gangs, waren acht Neger, vier davon Männer und vier Frauen. Postbediensteter war eine der Stellen bei der Regierung der Vereinigten Staaten, die demokratisch für jedermann zugänglich war. Es gab keinerlei wie immer geartete Bildungsanforderungen. Vorhandene Berufserfahrung spielte keine Rolle. Es kam einzig darauf an, einen Test zu bestehen. Natürlich war das Bestehen eines Tests für Leute wie Queen Esther, Saddletime und Booker Smith, die nie eine Highschool besucht hatten, nicht dasselbe wie für Norman, der das College besucht hatte, oder wie für jemanden wie Mr. van Hayton. Man konnte jedoch einen Vorbereitungskurs belegen, und die Aussicht auf einen so guten Job wie bei der Post motivierte Menschen wie nie zuvor zum Lernen. Bei einem Mindestlohn von einem Dollar fünfzehn Cent pro Stunde, wobei Frauen, die als Hausangestellte arbeiteten, noch weniger verdienten, waren die drei Dollar pro Stunde plus zehn Prozent Nachtschichtzuschlag bei der Post sehr attraktiv.

Hinzu kamen der Status als Angestellter im öffentlichen Dienst, elf bezahlte Krankheitstage, bis zu vier Wochen Urlaub, Krankenversicherung, eine Pension und Aufstiegsmöglichkeiten. Auf einem Hocker sitzen und Post in Fächer einsortieren war außerdem wesentlich leichter als die Arbeit, die Menschen wie Queen Esther, Saddletime und Booker Smith gewohnt waren. Nach bestandenem Test wurde der oder die Betreffende auf eine Liste gesetzt, nach erreichter Punktzahl eingestuft und, unabhängig von Alter, Geschlecht oder Rasse, angerufen, sobald eine Stelle frei geworden war. Kriegsveteranen erhielten zwar Bonuspunkte, ansonsten aber galt im Auswahlverfahren das Leistungsprinzip so weit, wie es damals möglich war.

12.

Bist eingeladen, sagte der Armenier.

Du glaubst wohl, ich kann es mir nicht leisten, ins Kino zu gehen?, sagte Laura.

Es geht nicht ums Leistenkönnen, sagte der Armenier. Da, wo ich herkomme, ist der Mann derjenige, der bezahlt.

Und da, wo du herkommst, ist es in Ordnung, wenn eine verheiratete Frau mit einem fremden Mann ins Kino geht?, sagte Laura.

Seit wann bin ich so fremd?, sagte der Armenier.

Zur Gesellschaft, sagte Laura, hab ich einen Ehemann.

Was ist das für ein Mann, der seine Frau nachts arbeiten lässt?, sagte der Armenier. Wenn ich mit einer Frau wie dir verheiratet wäre, wärst du zu Hause, wo du hingehörst.

Er zog einen Kamm aus der Brusttasche seines Hemds, kämmte sich und schob sich die Stirnlocke zurecht.

Ich hab nachgesehen, was für Filme jetzt kommen. Diese Elizabeth Taylor, die ist schon was.

Dann geh, sagte Laura.

Das Leben besteht nicht bloß aus Wohnzimmersaugen, sagte der Armenier. Was ist mit Spaß?

Ich hab so viel Spaß, wie ich verkraften kann.

Und das soll ich dir glauben?

Es ist ein freies Land, sagte Laura, du kannst glauben, was du willst. Ich geh mal für Damen.

Als Laura weg war, setzte sich der Armenier auf ihren Hocker.

Der große Tag kommt näher, sagte er. Natürlich warten die jungen Leute heute meistens nicht mehr.

Er warf einen Packen Post in Lauras Korb und rieb sich kräftig den Nacken.

Fünf, sechs Monate, sagte er, dann geht das los mit ich brauch einen neuen Mantel, wir gehen gar nicht mehr aus, ich hab Kopfschmerzen. Was du dir nur denken kannst. Hör auf mich, Junge, nimm alles mit, was du jetzt kriegen kannst, denn der Honigmond währt nicht ewig.

Hast du was an den Armen, Souvarian?, sagte Mr. Wohlfahrt.

Ich hab dem Kleinen bloß einen Rat gegeben, sagte der Armenier.

Den weiß er sicher zu schätzen, sagte Mr. Wohlfahrt, und Präsident Kennedy würde sich bestimmt auch freuen, wenn er wüsste, dass Angestellte des Bundes so viel Anteil am Leben des anderen nehmen, aber wie wär's, falls das nicht zu viel verlangt ist, mit ein bisschen Post sortieren, wenn du schon mal da bist?

Erinnern Sie sich noch an Ihre Hochzeitsnacht?, sagte der Armenier.

Mach deine Arbeit, Souvarian, sagte Mr. Wohlfahrt, oder ich muss dich aufschreiben.

Der Armenier griff sich einen Packen Briefe.

Klar warten junge Leute für gewöhnlich heute nicht mehr, sagte er.

Los, sagte Mr. Wohlfahrt.

Er machte kehrt und ging hinkend davon.

Der Mann wird zu kurz gehalten, sagte der Armenier. Für einen jungen Mann wie dich ist dreimal pro Tag ja ein Klacks. Und zwischendurch wird noch mal gewichst.

Haben wir die Plätze getauscht oder was?, sagte Laura.

Ich wollte dem Kleinen bloß ein bisschen auf die Sprünge helfen, sagte der Armenier.

So ist er, sagte Laura, immer will er jemandem auf die Sprünge helfen.

Wenn ein junger Mann heiratet, sagte der Armenier, kann er den einen oder anderen Rat eines alten Hasen gut brauchen.

Glaub dem kein Wort, sagte Laura. Wenn du Rat brauchst, Norman, frag deinen Vater.

13.

Da wurden kleine Kinder ermordet, sagte Normans Vater, und Gott stand daneben und hatte die Arme verschränkt. Du bist Anwalt, Morris, ist das ein klarer Fall von unterlassener Hilfeleistung und damit strafbar oder was sonst?

Worüber Sie da sprechen, sagte Mr. Katz, ist Deismus. Dem Deismus zufolge setzte Gott alles in Gang und ließ es dann laufen, ohne sich einzumischen. Jefferson war Deist.

Jefferson war außerdem Sklavenhalter, sagte Mrs. Katz, und hat bekanntlich mindestens ein Buch pro Woche gelesen, und das, obwohl er ein Haus mit neun Zimmern und vier Kinder hatte.

Damals, sagte Mr. Katz, haben alle Sklaven gehalten.

Und damit ist er entschuldigt?, sagte Mrs. Katz.

Wir hätten auch Sklaven gehalten, sagte Mr. Katz.

Du vielleicht, sagte Mrs. Katz.

Was hätte es Ihn gekostet, sagte Normans Vater. Er hat doch die Allmacht gehabt. Wofür hebt Er sie sich auf?

14.

Sind Sie verheiratet?, sagte der Hausmeister.

Wir heiraten nächsten Monat, sagte Norman.

Er war noch nie zuvor in einem Raum ohne jegliches Mobiliar gewesen.

Werfen Sie einen Blick ins Badezimmer, sagte der Hausmeister.

Savannah öffnete die Badezimmertür und schaute hinein.

Nur weiter, ziehen Sie mal die Toilette ab, sagte der Hausmeister. Eine Wohnung, in der die Spülung nicht geht, dürfen Sie nicht nehmen.

Savannah ging ins Bad.

Wenn Sie die wollen, sagte der Hausmeister, müssen Sie zum Hausbesitzer gehen. Ich bin bloß der Hausmeister.

15.

Was wünschen Sie?, sagte der Hausbesitzer.

Wir kommen wegen der Wohnung in der achtzehnten Straße Ost, sagte Norman.

Die ist schon weg, sagte der Besitzer. Sie hätten anrufen und sich die Mühe sparen können.

Dreimal hörten sie von farbigen Hausmeistern, eine Wohnung sei zu haben, und dreimal hörten sie von den Hausbesitzern, sie sei schon vermietet. Norman glaubte, sie wären halt zu spät gekommen, bis der dritte Hausbesitzer, auf dessen Unterarm eine bläuliche Nummer eintätowiert war, sagte: Nehmen Sie denn gar keine Rücksicht auf Ihre Eltern?

16.

Sie sind beide noch recht jung, sagte Mr. Williams, und offenbar sehr idealistisch.

Auf einer gerahmten Fotografie an der Wand hinter seinem Schreibtisch reichten sich Mr. Williams und Präsident Kennedy die Hand. Auf einer anderen reichten sich er und Jackie Robinson die Hand.

Zum Glück, sagte er, sind Ihre Rechte durch das New Yorker Wohnungsgesetz geschützt. Aber vorher müssen Sie ein bisschen schummeln.

17.

Jessica Stein saß allein in der Cafeteria.

Entschuldigung, sagte Norman. Tut mir leid, Sie zu stören …

Jessica Stein sah nicht von ihrem Buch auf.

Dann lassen Sie's, sagte sie.

Eigentlich, sagte Norman, wollte ich Sie um einen Gefallen bitten.

Jessica Stein sah von unten zu ihm herauf.

Warum fragen Sie mich?, sagte sie.

Ich wüsste nicht, wen ich sonst fragen könnte, sagte Norman.

Und das ist ein Grund, mich anzusprechen?, sagte Jessica Stein.

18.

In drei Tagen, sagte der Hausbesitzer, sieht die wieder aus wie neu. Ein bisschen Gips, ein bisschen Farbe, und Sie haben eine Wohnung, wie Sie sie für den doppelten Preis nicht schöner kriegen könnten.

In Ihrer Anzeige stand siebzig Dollar, sagte Norman.

Plus Gas und Strom und einen Monat Sicherheit, sagte der Hausbesitzer. Ich mach das, kannst gehen, Jimmy.

Der Hausmeister nickte, schielte auf Jessicas Brüste und ging.

Für verheiratet kommen Sie zwei mir sehr jung vor, sagte der Hausbesitzer. Sie tragen auch keiner einen Ehering.

Die Hochzeit ist nächsten Monat, sagte Norman.

Für Frischvermählte, sagte der Hausbesitzer, ist das hier wie gemacht. Nur zu, schauen Sie sich um.

Jessica Stein ging ins Schlafzimmer.

Wo ist die Tür?, sagte sie.

Ein kluges Frauchen, sagte der Hausbesitzer. Wenn ich eine Tür einsetze, ist eine drin. Ein Schlafzimmer braucht definitiv eine Tür. Also, mein Freund, ist der Preis in Ordnung?

Norman nickte.

Natürlich ist der Preis in Ordnung. Wenn ich in Ihrer Lage wäre, wäre jeder Preis in Ordnung. Sagen Sie mal, haben Sie einen Job oder bloß einen kräftigen Zuschuss von Mama und Papa?

Ich arbeite bei der Post, sagte Norman.

Bei der Post, sagte der Hausbesitzer, das ist ja wie Dauerurlaub. Man arbeitet seine acht Stunden und ist anschließend ein freier Mensch. Man hockt ein paar Jahre herum, und die schicken jeden Monat einen hübschen kleinen Scheck. Glauben Sie, ein Mann in meinem

Alter sollte Decken verputzen? Was ich in meinem Leben alles durchgemacht hab, das kann sich ein junger Mensch wie Sie gar nicht vorstellen.

Also, was meinen Sie?

Jessica Stein war aus dem Schlafzimmer gekommen.

Das Fenster schließt nicht richtig, sagte sie.

Glauben Sie, ich ließe jemanden wie Sie in die Flitterwochensuite einziehen, wenn das Fenster nicht richtig zugeht?, sagte der Hausbesitzer.

Er lächelte breit.

Ihr Zukünftiger, sagte er, kann sich glücklich schätzen, und das nicht nur in einer Hinsicht. Eine Frau mit *sechel* ist mehr wert als Rubine.

Außerdem sind da Löcher in der Wand, sagte Jessica Stein.

Glauben Sie, ich wüsste das nicht? Die Mieter, die vorher hier drin waren, haben gehaust wie die Schweine. Löcher in der Wand sind gar nichts.

Er schüttelte den Kopf.

Drogensüchtige, sagte er. Hat man denen gar nicht angesehen. Glauben Sie, ich hätte auch nur den leisesten Verdacht gehabt? Dreimal musste der Nachbar die Polizei rufen. Er schlägt sie, sie schlägt ihn, weiß man, was da los ist? Das war das letzte Mal, dass ich an Tätowierte vermietet hab. Haben Sie irgendwelche Tätowierungen, mein Freund?

Norman schüttelte den Kopf.

Ich würde gern einen Blick in die Küche werfen, sagte Jessica Stein.

Hindert Sie wer?, sagte der Hausbesitzer.

Wenn Ihre Zukünftige mit der Besichtigung fertig ist, sagte der Hausbesitzer, als Jessica Stein außer Hörweite war, können wir den Mietvertrag gleich unterschreiben. Man muss ja nicht so viel Umstände machen.

Jessica Stein kam aus der Küche.

Der Wasserhahn tropft.

Wenn's weiter nichts ist, sagte der Hausbesitzer. Haben Sie sonst noch was entdeckt?

Noch mehr Löcher, sagte Jessica Stein.

Natürlich, sagte der Hausbesitzer.

Und die eine Flamme am Herd brennt nicht, sagte Jessica Stein.

Wer, frage ich Sie, kocht auf allen vier Flammen?

Er lächelte.

Wenn eine Flamme zwischen uns steht, sagte er, sollen Sie Ihre Flamme haben. Sie schauen sich noch im Bad um, und dann können wir zur Sache kommen.

Ein kleiner Tipp, sagte der Hausbesitzer, als Jessica Stein außer Hörweite war, von jemandem, der schon einiges erlebt hat.

Er legte die Hand auf Normans Arm.

Eine Mischung wie bei Ihrer künftigen besseren Hälfte, sagte er, gibt es nur einmal unter tausend. Sie kam hereinspaziert, und ich musste sie immerzu anschauen. Und dabei könnte ich ihr Großvater sein. Dieses Mädchen ist eine ausgesprochene Schönheit und hat obendrein noch Köpfchen. Aber wenn Sie nicht aufpassen, stehen Sie zuletzt vielleicht unter dem Pantoffel. Das Eheleben ist nicht immer ein Zuckerschlecken.

Jessica Stein kam aus dem Badezimmer.

Und?, sagte der Hausbesitzer.

Scheint alles in Ordnung zu sein.

Ein Wunder, sagte der Hausbesitzer. Ich hab den Mietvertrag gleich hier in der Aktentasche.

Aber woher wissen wir, dass Sie die Reparaturen wirklich alle durchführen?, sagte Jessica Stein.

Das wissen Sie, junge Frau, sagte der Hausbesitzer, weil Mendel Berg Ihnen sein Wort gibt.

19.

Wenn die da oben, sagte Phil, mir die Post der Vereinigten Staaten anvertrauen, sollten sie mir auch glauben, wenn ich ihnen sage, dass ich krank war. Mehr Vertrauen und weniger Vorschriften, das brauchen wir in diesem Land.

Mrs. Hattie Mae Stimpson, 44 Chestnut Lane, Tuskegee, Alabama.

Er faltete den Brief zusammen und steckte ihn ein.

Nimm ihn raus, sagte Norman. Du bekommst Ärger.

Die bürokratische Gesinnung, sagte Phil, ist einer der größten Feinde der Menschheit. Bürokraten fragen nie nach dem Warum.

Mr. Jack Primeux, 156 Dupres Road, Lafayette, Louisiana.

Er faltete den Brief zusammen und steckte ihn ein.

Mr. Wohlfahrt kam auf sie zu.

Dafür könntest du ins Gefängnis kommen, sagte Norman.

Mr. Wohlfahrt beendete sein Gespräch mit Queen Esther.

Der springende Punkt ist, sagte Phil, falls du das noch nicht kapiert hast, dass dieses System der Briefbeförderung von der Integrität des gewöhnlichen Postbediensteten abhängt. Es besteht daher ein dialektischer Zusammenhang zwischen dem hier …

Er klopfte mit der Hand auf seine Jackentasche.

… und der Vorschrift, die ein ärztliches Attest verlangt.

Queen Esther und Mr. Wohlfahrt lachten.

Vorschriften, sagte Phil, sollten die moralische Verantwortung nicht ersetzen dürfen. Mein *Vater* war ein großer Verfechter von Vorschriften. Seiner Meinung nach mussten Menschen mit starker und, wenn nötig, brutaler Hand regiert werden. Die Demokratie war ihm ein Greuel, weil das gemeine Volk so niederträchtig war, dass man ihm nicht über den Weg trauen konnte. Es ist eine große Ironie der Geschichte, dass er nur deshalb kein Nazi wurde, weil er Jude war.

Mein Vater saß einmal in dem Café, in dem er nachmittags immer seinen Kaffee trank, da kam ein Zeitungsjunge herein und rief, Hitler sei zum Reichskanzler ernannt worden. Mein Vater kaufte eine Zeitung, gab dem Jungen wie üblich sein Trinkgeld, las den Leitartikel und winkte den Kellner heran. Er ließ sich ein Telefon bringen und rief meine Mutter an. Befahl ihr, nur ihren Schmuck einzupacken und mit mir sofort zum Bahnhof zu gehen. Zahlte seine Rechnung und ging zur Bank. Auf dem Bahnhof kaufte er Erste-Klasse-Fahrkarten nach Amsterdam.

Da er in Amerika wichtige Leute kannte, bekamen wir schon bald Visa. Meine Eltern fanden erst nach dem Krieg heraus, was mit ihren Angehörigen geschehen war. Trotzdem gehörte mein Vater nicht zu denen, die auf Hitler als Verkörperung des Bösen fixiert waren.

In Irrenanstalten, sagte er immer, findet man viele wie ihn. Das Böse in den gewöhnlichen Deutschen, damit müssen wir uns befassen. Eigenhändig hat Hitler niemanden umgebracht.

Seine Professorenkollegen hatten sich so verhalten, wie er es vorausgesehen hatte. Bis auf diejenigen, die mit einer Jüdin verheiratet waren, wie Karl Jaspers, hatte keiner seinen Lehrstuhl aufgegeben, als die Juden von ihren Positionen entfernt wurden. Er hielt sie für Feiglinge und hätte sie mit Freuden allesamt exekutiert.

Wenn die Nazis ihren Antisemitismus nicht so ernst genommen hätten, hätte er ihnen von großem Nutzen sein können. So war er der *Gauleiter* eben bloß zu Hause. Laut Freud ist ein Held derjenige, der sich gegen seinen Vater erhebt und ihn tötet. Für Freud war das eine Metapher, aber wenn ich mich tatsächlich gegen meinen Vater erhoben und ihn getötet hätte, wäre das Vatermord aus Notwehr gewesen.

Die Menschen machen ihre eigene Geschichte, Norman, aber sie machen sie nicht aus freien Stücken. Das ist aus dem *Achtzehnten Brumaire des Louis Bonaparte*, Marx in Höchstform. Von den Umständen, die unser Leben am stärksten beeinflussen, stehen manche schon fest, bevor wir überhaupt geboren wurden. Ort, Zeit und familiäre Herkunft, das zusammen ergibt manchmal Umstände, gegen die ein Mensch sein ganzes Leben lang ankämpfen muss.

Mein Vater zwang mich zum Gehorchen, und meine Mutter war seine willige Helfershelferin. Dass ich Anarchist werde, war deshalb fast vorhersehbar. Aber ich wollte mich einer Vorschrift nicht einfach deshalb widersetzen, weil sie existiert. Wenn ich mich dazu gezwungen sähe, würde das meinem Vater eine Macht verleihen, die ich ihm nicht zuerkennen will. *Ergo …*

Er zog die Briefe aus der Tasche und sortierte sie ein.

20.

Bei einer Fehlzeit von drei Tagen, sagte Mr. Wohlfahrt, braucht man ein ärztliches Attest. Das ist wie die zehn Gebote.

Aber ich war nicht beim Arzt, sagte Phil. Sondern hab mich an den Grundatz *nihil nocere* gehalten.

Sie haben sich an was gehalten?, sagte Mr. Wohlfahrt.

Keinen Schaden anzurichten, sagte Phil, und meinen Körper sich selbst heilen zu lassen.

Das mag ja sein, sagte Mr. Wohlfahrt, aber Sie brauchen trotzdem ein Attest. Sie sind ein guter Arbeiter, Bamberger, obwohl ich nicht weiß, wie Sie das bei dem vielen Gequassel machen, und ich möchte nicht, dass Sie Ärger bekommen. Sie fragen mich jetzt nicht, wo ich den herhabe, aber wie es der Zufall will, bin ich im Besitz eines Rezeptblocks. Wir schreiben ein Attest, setzen einen Krakel darunter, geben es beim Schichtleiter ab, und Ihre Probleme sind gelöst.

Phil schüttelte den Kopf.

Warum schütteln Sie den Kopf?, sagte Mr. Wohlfahrt.

Müssen Sie das wirklich fragen?, sagte Phil.

Es ist ein Attest, sagte Mr. Wohlfahrt. Es trägt eine Unterschrift. Meinen Sie, das interessiert ernsthaft irgendwen?

21.

Sprechen wir mal über Post, Norman, sagte Phil. Was war der wichtigste Brief, den du je bekommen hast?

Ich bekomme nicht viel Post, sagte Norman.

Denk nach, sagte Phil. War es der Musterungsbescheid? Oder hat dir ein Onkel, der zu tun hatte und nicht kommen konnte, hundert Dollar zu deiner Bar Mizwa geschickt?

Ich hatte keine Bar Mizwa, sagte Norman, also war es wohl der Musterungsbescheid.

Das wichtigste Schreiben, sagte Phil, das du je bekommen hast, war demnach die Mitteilung eines Bürokraten, dass dein Leben nicht mehr dir gehört.

Norman war mit seinem Korb fertig und ging sich vorn im Gang den nächsten holen.

Goldstein, sagte Mr. Wohlfahrt, worüber reden Sie da mit Bamberger?

Postsendungen, sagte Norman.

Sie reden über *Post*?, sagte Mr. Wohlfahrt. Tun Sie mir einen Gefallen und reden Sie mit ihm über das Attest. Wollen Sie, dass er wegen eines lumpigen ärztlichen Attests gefeuert wird?

Nein, Sir.

Mr. Wohlfahrt möchte, dass ich mit dir über das Attest spreche, sagte Norman, als er den Korb vor seinen Fächern abstellte.

Wodurch, sagte Phil, ließe sich das größte Glück für die größte Zahl erreichen? Mal angenommen, ich würde gefeuert. Wer würde darunter leiden?

Du, sagte Norman.

Sonst noch jemand?

Da du der schnellste Sortierer im Südstaaten-Gang bist, sagte Norman, würden weniger Briefe befördert werden.

Aber würde das, sagte Phil, die Menge des Guten in der Welt schmälern? Zum Beispiel dieser Brief an den Gefreiten Alvin Belmondo, Feldpostamt 478, Fort Gordon, Georgia.

Er schnupperte an dem Briefumschlag.

Parfümiert wie immer, sagte er. Und, wenn wir der Zahl glauben wollen, die hier in Serafina Contes sehr weiblicher Schrift vermerkt ist, der 147. in einer Reihe, die so lange fortgesetzt wird, bis Alvin wieder zu Hause einmarschiert. Was mag Serafina bloß schreiben?

Es ist vielleicht nicht so leicht, eine andere Arbeit zu finden, sagte Norman.

Hast du nicht den Wunsch, sagte Phil, das Thema Alvin und Serafina und die Verteidigung der freien Welt gegen die Mächte der Finsternis weiter zu erörtern?

Ich kann dir nicht folgen, sagte Norman.

Auf der einen Seite, sagte Phil, die uniformierten Vertreter der Regierung der Vereinigten Staaten von Amerika, die den jungen Alvin darauf vorbereiten, sein Leben, falls nötig, auf dem Altar der Freiheit zu opfern. Auf der anderen Seite Serafina, deren einziges Sinnen und Trachten ihr häusliches Glück ist. Die uniformierten Vertreter sind bis an die Zähne bewaffnet, Serafina aber hat nur eine Waffe in ihrem Arsenal, nämlich das, was Johann Wolfgang von Goethe »Das Ewig-Weibliche« genannt hat.

Kommen wir jedoch zum größten Glück für die größte Zahl zurück. Ich werde aus dem Postdienst der Vereinigten Staaten entlassen, weil ich nicht gewillt bin, bei einem Betrug zum Nachteil eben dieses Dienstes mitzumachen. Nicht so groß wie die Ironie, dass sich dort, wo die Eiche stand, unter der Goethe saß und schrieb, später das Gelände des Konzentrationslagers Buchenwald befand, aber doch Ironie genug. Die Frage, der wir uns auf Umwegen genähert haben, lautet, ob die Tatsache, dass ich mehr Briefe als jeder andere im Südstaaten-Gang sortiere, das größte Glück für die größte Zahl mehrt oder nicht. Wir konnten anhand eines Briefwechsels die Unsicherheit unseres Wissens aufzeigen. Alles menschliche Wissen ist nach Bertrand Russells kluger Feststellung ungewiss, ungenau und unvollständig.

Warum schläft Alvin Belmondo genau jetzt nicht neben seiner geliebten Serafina? Du kennst die Antwort genauso gut wie ich, Norman. Sei nur einen Moment nicht wachsam, und unsere atheistischen kommunistischen Widersacher tragen den Sieg davon. Wir müssen diszipliniert sein und gut bewaffnet und müssen jederzeit bereit sein, unser Leben zu geben. »Lieber tot als rot«, das muss uns in Fleisch und Blut übergehen.

Was, wenn Serafina, die sich nach ihrem Alvin sehnt und fürchtet, dass ihm befohlen wird, sich Gefahren auszusetzen bei einem rätselhaften Unternehmen, das sie beide nicht verstehen, ihn in Brief 147 angefleht hat, die Uniform abzulegen und zu fliehen, damit sie heiraten und die Freuden des Ehestands genießen können, bevor der Führer der freien Welt einen Entschluss fasst, der gravierende Folgen für sie beide hat?

Und wenn Alvin, der kein Dummkopf ist und nicht glaubt, dass Sterben an einem Ort, von dem er noch nie gehört hat, besser ist, als mit Serafina ins Bett zu gehen, tatsächlich flieht, und ich als Expedient des Briefes, in dem Serafina ihn gedrängt hat, zu desertieren, was es zweifellos ja wäre, mich der Beihilfe schuldig mache?

So weit kapiert?

Norman schüttelte den Kopf.

Meine Anwesenheit im Südstaaten-Gang, sagte Phil, ist vielleicht *kein* Beitrag zum größten Glück für die größte Zahl.

Nicht lange, und Alvin und Serafina, die so heißblütig wie unbeholfen sind, werden gefasst, sie bereits mit Alvin Jr. schwanger, obwohl sie in den drei Tagen bloß neunmal miteinander geschlafen haben, und er wird in Ketten ins Militärgefängnis gebracht, wo er ausreichend Gelegenheit haben wird, die Folgen einer bestimmten Postsendung zu beklagen. Vielleicht, Norman, ist es für mich Zeit, weiterzugehen.

22.

Not, sagte Professor Babbage, kann ein sehr strenger Zuchtmeister sein. Ich halte Ihnen zugute, Mr. Goldstein, dass Sie im Unterricht nicht noch öfter einschlafen, aber ein schlafender Student ist schlecht für die Unterrichtsmoral und noch schlimmer, ich muss es zugeben, für meine eigene. Sie haben sich ganz schön was aufgeladen. Ist Ihre Verlobte ebenfalls Studentin?

Ja, sagte Norman. Sie sitzt bei Ihnen in *Einführung in die englische Literatur*.

Es ist Sharon Rosenberg, nicht?, sagte Professor Babbage.

Norman schüttelte den Kopf.

Dann kann es nur Barbara Markowitz sein, sagte Professor Babbage.

Es ist Savannah Washington, sagte Norman.

Hm, sagte Professor Babbage. Sind Sie sicher, dass sie nicht in Tuckers Gruppe ist? Ah, Miss Washington. Ein sehr stilles Mädchen, wenn ich so sagen darf. Ich glaube, sie hat das ganze Semester kein einziges Mal den Mund aufgemacht.

Sie ist sehr schüchtern, sagte Norman.

Aber offenbar nicht ängstlich, sagte Professor Babbage. Gemischtrassige Ehen sind nichts für Angsthasen. Auch Ihre Tapferkeit, sehr lobenswert, das muss ich sagen. *Sehr* lobenswert.

Norman schüttelte den Kopf.

Ich erzählte Ihnen mal eine Geschichte mit einer Moral, sagte Professor Babbage. Vor vierzig Jahren habe ich in Cambridge studiert und mich dort in ein sehr kluges und schönes Mädchen aus Indien namens Maya verliebt. Ich seh es noch genau, wir zwei in einem Stechkahn auf dem Cam und weit und breit kein Mensch. Damals glaubte ich, ich hätte das Paradies gefunden.

Maya aber ist, wie Sie vielleicht wissen, Hindi und heißt Illusion. Ich war ein Feigling. Wollte nicht riskieren, die Universität verlassen zu müssen. Ich konnte mir nicht einmal vorstellen, meinem Vater davon zu erzählen. Sie verstehen also sicher, warum ich Ihren Mut bewundere.

Norman schüttelte wieder den Kopf.

Mutig ist es, sagte Professor Babbage. Und auf welche

Schwierigkeiten Sie stoßen mögen, Sie haben zumindest nicht Ihre Selbstachtung aufgegeben.

23.

Wo haben Sie Ihr *Madel* gelassen?, sagte Mr. Berg.

Sie hat Unterricht, sagte Norman.

Oho!, sagte Mr. Berg. Sie traut Ihnen zu, dass Sie allein prüfen, ob ich alles erledigt habe?

Er lachte.

Die Tür für das Frauchen, sagte er. Nur zu, machen Sie sie auf. Nicht so schüchtern.

Norman öffnete die Tür zum Schlafzimmer.

Sehen Sie sich die Wände an, sagte Mr. Berg. Sie wird einen umfassenden Bericht wollen.

Die Löcher in der Wand waren zugegipst.

Sagen Sie ihr, Streichen, das mach ich noch, sagte Mr. Berg. Mit dem Gips sollte es vorläufig doch gehen.

Norman kam wieder ins Wohnzimmer.

Für den Gasbrenner, sagte Mr. Berg, müssen Sie mich bei ihr entschuldigen. So leicht lässt sich ein Gasbrenner nicht reparieren.

Er zog zwei Ausfertigungen des Mietvertrags aus der Aktentasche.

Das ist eine sehr gemütliche Wohnung, sagte er, und bei dem Preis ist es praktisch ein Hochzeitsgeschenk.

Er reichte Norman einen Stift.

Sie unterschreiben, sagte er, ich unterschreibe, und alles ist hundert Prozent koscher. Haben Sie Fragen?

Bezahlen wir die Miete beim Hausmeister?

Sehr witzig, sagte Mr. Berg. Sind Sie vom Mond oder was?

24.

Wir haben eine Wohnung gefunden, sagte Norman. Dreiundzwanzigste Ost, zwischen Foster und Newkirk. Zum College ist es nur eine Viertelstunde zu Fuß.

Das ist ja wunderbar, sagte seine Mutter. Wie viel kostet sie?

Siebzig, plus Umlagen.

Für die Gegend, sagte seine Mutter, gar nicht übel.

Ich hab den Mietvertrag schon unterschrieben.

Der Vermieter, sagte sein Vater, muss ein sehr fortschrittlicher Mensch sein.

Vielleicht sollte ich euch noch erzählen, wie es dazu gekommen ist, sagte Norman.

Norman erklärte seinen Eltern, warum er und Savannah Mr. Williams aufgesucht hatten.

Und dieser Mensch hat euch dazu geraten, einen *Betrug* zu begehen?, sagte sein Vater.

Lass ihn zu Ende erzählen, sagte seine Mutter.

Ein Mädchen aus meinem Shakespeare-Kurs hat sich als meine Verlobte ausgegeben, sagte Norman.

Du hast eine *arglistige Täuschung* begangen?, sagte sein Vater.

Laut Mr. Williams sind unsere Rechte durch das New Yorker Wohnungsgesetz geschützt. Und da ich den Mietvertrag unterschrieben habe, kann der Vermieter jetzt nichts mehr machen.

Seit wann rechtfertigt der Zweck die Mittel?, sagte sein Vater.

Das ist nicht fair, Si, sagte seine Mutter. Es liegt doch auf der Hand, dass die Vermieter bloß Normans Unerfahrenheit ausgenutzt haben.

Du findest es also richtig, dieses Mädchen als seine Verlobte auszugeben?, sagte sein Vater.

Unter den gegebenen Umständen, sagte seine Mutter, blieb ihm nichts anderes übrig.

Woher wissen wir denn, dass der Vermieter ein bornierter Mensch ist?, sagte sein Vater.

Wenn er das nicht ist, sagte seine Mutter, umso besser.

Nur hat Norman eben genau das angenommen, sagte sein Vater.

Wenn er nicht borniert ist, sagte seine Mutter, wird er es verstehen. Und wenn doch, greift hier das Wohnungsgesetz.

Normans Vater schüttelte den Kopf.

Es gibt Zeiten, sagte seine Mutter, da ist Lügen ein moralisches Gebot. Wenn sich jemand vor den Nazis versteckt, würdest du ihn verraten?

Das kann man ja wohl nicht vergleichen, sagte sein Vater. Jede Lüge, die nicht gerechtfertigt ist, trägt zu einem generellen Klima des Misstrauens bei. Und ohne Vertrauen ist eine Gesellschaft nicht lebensfähig.

Dir wäre es also lieber gewesen, dass Norman jedem rassistischen Vermieter gegenüber bei der Wahrheit bleibt?

Mir wäre es lieber gewesen, wenn er bei seinen Prinzipien bleibt, sagte sein Vater.

25.

Habt ihr Streit, du und deine zukünftige Braut, sagte Phil, oder ist es etwas Ernstes? Um öffentliche Angelegenheiten kümmerst du dich nicht, was kann es also sein?

Wieso piesackst du eigentlich immer mich?, sagte Norman.

Das macht dir aber nicht so zu schaffen, sagte Phil.

Du aber schon.

Betrachten wir es dialektisch, sagte Phil. Wo ist dein

üblicher Gleichmut abgeblieben? Was ist heute Nacht anders als sonst?

Es summiert sich, sagte Norman.

Hey, Goldy, rief Queen Esther, Fort Benning, Georgia. Hol ihn dir.

26.

Wenn ich hübsch und blond wäre, sagte Queen Esther, sähe die Sache ganz anders aus.

Daran liegt es nicht, sagte Norman.

Ein Mann, der keine Vorurteile hat, sagt auch nicht nein. Wir sprechen vom *Paradies*, Goldy. Schon mal gehört? Je schwärzer die Kirsche, desto süßer der Saft.

Ich geh mal lieber wieder an meine Arbeit, sagte Norman. Wo ist der Brief für Fort Benning?

Queen Esther lachte.

27.

Hast du schon raus, was dir so zu schaffen macht?, sagte Phil.

Das Mädchen, das ich heirate, ist eine Farbige, und mein Vater findet es falsch, dass ich mit einer Weißen auf Wohnungssuche gegangen bin.

Er hat recht, sagte Phil. Wenn man moralisch auf dem hohen Ross sitzt, sollte man nicht mit Tricks arbeiten. Hast du mich für einen Rassisten gehalten?

Nein, sagte Norman, überhaupt nicht.

Warum dann die Heimlichtuerei?

Das war keine Heimlichtuerei, sagte Norman, es kam bloß nicht zur Sprache.

Dass du heiratest, sagte Phil, das »kam nicht zur Sprache«. Es war deine Entscheidung, mir das eine oder andere zu erzählen und das eine oder andere eben nicht. Ich muss zugeben, dass ich doch etwas überrascht bin, obwohl ich keinen Grund habe, meine ursprüngliche Analyse zu revidieren. Du glaubst, dass nur eine Frau dich retten kann, und bist wegen dieses Glaubens sogar bereit, ein primitives Stammestabu zu verletzen. Aber können wir das wirklich Mut nennen? Ich finde, nein. Wir können lediglich sagen, du bist derart überzeugt, eine Frau zu brauchen, dass dir alles andere unwichtig ist.

So spät am Tage wäre es kaltherzig von mir, dir eine Enttäuschung zu prophezeien, aber du solltest nicht erwarten, dass dein erster Vollzug der Ehe wie Rossinis *Wilhelm-Tell-Ouvertüre* ausfällt. Viel eher wird er einem Film der Marx Brothers ähneln, bloß ohne Lacher. Ich rate dir daher zu einem Crashkurs bei Ihrer Majestät.

Und ich rate dir, sagte Norman, dass du deine verdammte Klappe hältst.

28.

Verkaufen Sie zwei Haushaltsartikel?, sagte die Frau auf dem Klapphocker.

Wir ziehen Samstag hier ein, sagte Norman.

Ist das wahr?, sagte die Frau.

Norman zog einen Wohnungsschlüssel aus der Tasche.

Dieser elende jüdische Nichtsnutz, sagte die Frau.

29.

Es klopfte an der Tür, und Norman ging aufmachen.

Haben Sie eine Farbige hier drin?, sagte Jimmy.

Wir heiraten am Samstag, sagte Norman.

Mistah Berg, sagte Jimmy, wird dunkelrot anlaufen.

Norman wischte gerade den Boden auf, und Savannah sprühte Windex auf ein Fenster, da schloss Mr. Berg ihre Tür auf.

Das also ist die Braut, schrie er.

Wir haben es probiert, zusammen zu gehen, sagte Norman, aber die Vermieter haben immer gesagt, die Wohnung sei schon vergeben.

Vielleicht ist es Ihnen ja nicht aufgefallen, sagte Mr. Berg, aber das hier ist kein Haus für Farbige.

Was ist mit Jimmy?, sagte Norman.

Er ist der *Hausmeister*, sagte Mr. Berg. Oj, Goldstein, in was für eine Lage haben Sie sich da gebracht! Und was Sie Ihren armen Eltern antun, daran möchte ich gar nicht denken. Ich hätte nicht übel Lust, Sie vor Gericht zu bringen. Noch nie von Vortäuschung falscher Tatsachen gehört?

Diskriminierung, sagte Savannah, verstößt gegen das Wohnungsgesetz.

Nichts für ungut, Miss, sagte Mr. Berg, aber das ist eine Sache zwischen mir und Goldstein, dem jungen Mann, der mir frech ins Gesicht gelogen hat. Ich dachte, Sie hätten alle Hände voll mit der anderen zu tun. Sie sollten mal Ihr *Gehirn* einschalten, Goldstein. Wenn Sie mit dem *putz* denken, kommt genau so was dabei raus.

30.

Er blufft, sagte Phil. Er weiß, dass er dich nicht vor Gericht bringen kann. Und wegen der Nachbarn würde ich mir auch keine Gedanken machen. Ein Leben lang kriegen wir gesagt, wir sollen uns vorsehen, aber die Kunst ist, zu lernen, wann gerade nicht. Sollen die Leute an deiner Ehe herumkritteln, wie sie lustig sind, das ist doch bloß ein weiterer Fall von was schert es den Baum, wer sich daran wetzt.

Er war mit seinem Korb fertig, ging durch den Gang und holte sich den nächsten. Als er wiederkam, zerriss er den Zettel, den Mr. Wohlfahrt ihm gegeben hatte.

Bist du verrückt?, sagte Norman.

Glaubst du wirklich, sagte Phil, dass es nur »statistischen Zwecken« dient, wenn die einmal im Monat erfassen, wie viele Körbe jeder Angestellte sortiert? Die bereiten die Einführung einer Norm vor, Norman. Nicht mehr lange, dann kommt die Anweisung, dass jeder, der nicht im Mittel zwei Körbe pro Stunde schafft, automatisch »aus dem Dienst entlassen« wird.

Das machen die niemals, sagte Norman.

Niemals? Sicher, dass du dich auf »niemals« festlegen möchtest? Nur mal angenommen, so eine Norm käme. Notorische Nichtsnutze wie Saddletime würden in eine existentielle Krise geraten. Dem ist die Faulheit so in Fleisch und Blut übergegangen, dass er vielleicht nicht mal mehr *einen* Korb schafft.

Könntest du etwas leiser sprechen?, sagte Norman.

S., wie wir ihn nennen wollen, sagte Phil, fragt, ob er deine überzähligen Zettel haben kann. Da du im Mittel *vier* Körbe pro Stunde sortierst, kannst du es dir bequem leisten, großzügig zu sein. Hilfst du einem Bruder in der Not oder nicht?

Das wäre nicht erlaubt, sagte Norman.

Nicht erlaubt?, sagte Phil. Der Mann, nur mal als Gedankenexperiment, hat zwei kleine Kinder zu versorgen, ist die einzige Stütze einer alten und gebrechlichen Mutter *und* lebt in wilder Ehe mit einer Siebzehnjährigen zusammen, die zufällig funktionale Analphabetin ist. Ist »nicht erlaubt« unter solchen Umständen nicht ein bisschen *schwach*? Du hast einen Überschuss, er ein Defizit, was könnte gerechter sein als eine Umverteilung des Reichtums?

Würdest du ihm *deine* überzähligen Zettel geben?, sagte Norman.

Wir sprechen von dir. Unseren armen Bruder S. auf einmal neben mich setzen, das geht nicht. Was aber geht, ist tauschen, und dann sitzt ein gewisser Mr. van H. neben dir, der *körperlich* nicht in der Lage ist, mehr als einen Korb pro Stunde zu sortieren. Wir sprechen von einem sehr müden alten Mann, Norman. Trennst du dich *jetzt* von deinen kostbaren Zetteln?

Die würden Mr. van Hayton nicht feuern, weil er die Norm nicht ganz schafft.

Du hast vielleicht nicht immer Gelegenheit, dir vorher zu überlegen, wofür du dich entscheidest, sagte Phil. Ja oder nein?

Bis es dazu kommt, dass die ihn wirklich feuern, sagte Norman, kann er wahrscheinlich eh schon in Rente gehen.

Deine Antwort, sagte Phil, lautet also nein, und das bedeutet, es würde dir nichts ausmachen, wenn Mr. van H. auf der Straße sitzt und betteln muss.

Dazu würde es niemals kommen, sagte Norman.

Ach, Norman, sagte Phil, wenn ich daran denke, dass du schon zwei Jahrzehnte in dem grauenvollen zwanzigsten Jahrhundert lebst und nichts gelernt hast. Aber mal angenommen, die würden die Vorschriften ändern, und die Zettel würden ein Zahlungsmittel wie Zigaretten im Zweiten Weltkrieg in Europa. Würdest du Mr. van H. jetzt retten?

Natürlich würde ich ihm meine überzähligen Zettel geben, sagte Norman, wenn ich sie weggeben dürfte.

Eine kleine Änderung der Vorschriften, sagte Phil, und Mr. van H. bleibt ein Leben in Mangel und Erniedrigung erspart. Ideale zu haben, Norman, ist schön und gut, aber wer anderen etwas Gutes tun will, muss erst einmal seine Ängst überwinden. Ist so, leider.

31.

Mr. van Hayton saß allein im Pausenraum und las die *New York Times*. Als Norman sich ihm gegenüber an den Tisch setzte, sah er von seiner Zeitung auf.

Die haben mich beim Spiel abgewählt, mein Sohn, sagte er. Das sind die Tücken der Demokratie. Im Grunde war es von Anfang nicht richtig, dass ich mitspiele, aber es war so schön, wieder zu gewinnen. Du gehst ans College, nicht?

Norman nickte.

Weißt du schon, was du einmal machen willst?, sagte Mr. van Hayton.

Es wird wohl auf Lehrer hinauslaufen.

»Hinauslaufen«, sagte Mr. van Hayton, klingt nicht eben begeistert. Was, wenn du tun könntest, was du möchtest. Was wäre das dann?

Ich habe keine Ahnung, sagte Norman.

Ganz früher wollte ich auch mal Lehrer werden, sagte Mr. van Hayton. Es ist ein nobler Beruf. Buddha, Sokrates und Jesus waren letztlich ja Lehrer. Aber mir wurde klar, dass ich dafür nicht das richtige Temperament habe. Mir kam die Welt immer viel zu unordentlich vor. Im Grunde ist es nicht überraschend, dass die »Arbeit«, die ich in meinem Leben am längsten gemacht habe, das Spielen war. Es war schon sehr nett, Regeln zu haben, auf die man sich absolut verlassen konnte, auch wenn das beim Spielpartner nicht immer der Fall war.

Schwergetan hab ich mich mit menschlicher Nähe. Außer einer Arbeit braucht ein Mensch Liebe, und bei der Liebe, mein Sohn, scheint es gar keine Regeln zu geben. Oder aber es gibt doch welche, und ich habe sie bloß nie begriffen.

Er wies auf den Nebentisch.

Aber durch die Arbeit hier habe ich viel gelernt. Ich bin vermutlich mein Leben lang Rassist gewesen. Nicht dass ich irgendetwas in der Hinsicht geäußert oder getan hätte. Ich hab bloß irgendwie gedacht, Neger stünden unter uns. Aber diese Männer haben mich bei sich aufgenommen und mir erlaubt mitzuspielen, ohne Fragen zu stellen. Sie waren *freundlich* zu mir. Für mich ist es gerade sehr schwierig, darum bin ich für Freundlichkeit besonders empfänglich.

Er sah auf seine Armbanduhr und lächelte.

Entschuldigung, sagte er. Ich hab dir die Ohren vollgequasselt.

Norman schüttelte den Kopf.

Die vier Neger standen vom Nachbartisch auf. Im Vorübergehen sagte einer: Ich hoffe, Sie nehmen es uns nicht übel, Mr. van Hayton.

Überhaupt nicht, Miles, sagte Mr. van Hayton, kein bisschen.

32.

Wir haben uns heute, sagte der Standesbeamte, aus einem sehr ernsten Anlass hier eingefunden.

Er lächelte.

Vor dem County Brooklyn treten heute in den heiligen Stand der Ehe …

Er hielt sich die Eheerlaubnis so dicht vor die Augen, dass er fast mit der Nase an das Papier stieß.

… Savannah Dorothy Washington, las er, und Norman Alan Goldstein.

Er räusperte sich, rückte seinen Schlips zurecht, zog ein Blatt Papier aus der Aktentasche und hielt es sich so dicht vor die Augen, dass er fast mit der Nase daran stieß.

Nachdem Andrea Pinsky ihm die Ohrfeige gegeben hatte, hatte Norman kein Mädchen mehr geküsst, bis er Savannah kennenlernte. Er hatte oft überlegt, ob mit einer der Negerinnen mitzugehen, die unweit des Bahnhofs von Long Island in den Haustüren standen, nicht weniger schändlich wäre als das, was er allein tat, hatte aber zu viel Angst gehabt. Wie oft er damit schon aufhören wollte! Sein Körper reagierte aber weiter bereits bei Worten auf Papier, und auf wenige Sekunden der Erleichterung folgte eine viel längere Phase der Reue.

Die Bibel lehrt, las der Standesbeamte, es ist nicht gut, dass der Mensch allein sei. Für sich allein ist jeder unvollständig und sucht nach jemandem, durch den er ein Ganzes wird. Ein Mann sucht nach einer Frau, und eine Frau sucht nach einem Mann, und wenn sie einander finden, nennen wir das Ehestand.

Norman sah aus dem Augenwinkel zu Savannah. Er kannte sie nicht besser, als er sich selbst kannte. Mit ihr im Bett zu sein konnte er sich so wenig vorstellen, wie er sich seine Eltern zusammen im Bett vorstellen konnte.

Sie beide, las der Standesbeamte, haben sich gewiss viele Gedanken über die lebenslange Reise gemacht, die Sie gemeinsam antreten. Auf Ihrem Wege werden Sie zweifellos auf manches Hindernis stoßen. Es ist uns nicht bestimmt, nur glücklich zu sein. Aber Widrigkeiten haben ihren Sinn.

Savannahs Brüder unterhielten sich flüsternd. Ihre Mutter war eingeschlafen.

33.

Als sie die von seinen Eltern bei Slatkin's Delicatessen bestellten Sandwiches mit Corned Beef und Pastrami, mit Zunge und Pute fast alle gegessen hatten, stellte Normans Vater eine kleine mehrstöckige Torte auf den Kaffeetisch. Natürlich ohne Braut und Bräutigam aus Zuckerguss oben drauf.

34.

Die Frau auf dem Klapphocker sah von ihrer Zeitschrift auf.

Kein großes Abschiedsgetue, sagte Normans Vater.

Seine Mutter umarmte ihn, was sie Normans Erinnerung nach noch nie getan hatte, und umarmte danach Savannah. Sein Vater schüttelte ihm die Hand und küsste Savannah auf die Wange.

35.

Norman war erleichtert, als Savannah darauf bestand, dass es ganz dunkel sein musste. Was sie taten, war sehr schnell vorbei. Hinterher drehten sie sich jeder auf seine Seite und schliefen ein. Am Morgen frühstückten sie zusammen, als sei nichts geschehen.

36.

Norman und Savannah fuhren mit der Subway zum Battery Park und mit der Fähre zur Freiheitsstatue. Sie stiegen bis in die Krone hinauf, aber hinter ihnen drängten sich so viele Leute auf der Wendeltreppe, dass sie die Skyline von Manhattan nur für eine kurze Weile betrachteten.

Als sie auf einer Bank mit Blick auf den New Yorker Hafen saßen und die restlichen Sandwiches aßen, die seine Mutter ihnen eingepackt hatte, spürte Norman, dass sie immer wieder angestarrt wurden. Es machte ihn zwar jedes Mal nervös, aber er ermahnte sich, dass New York City nicht Albany, Georgia, oder Birmingham, Alabama, und auch nicht McComb, Mississippi, war. Im Süden wäre es gefährlich, so zusammen auf einer Bank zu sitzen. Im Süden, hatte sein Vater ihm gesagt, verstieß eine Ehe wie die seine sogar gegen das Gesetz.

An seiner Grundschule hatte es keine Neger gegeben, und an der Junior Highschool war nur ein farbiges Mädchen gewesen, das beim »geselligen Beisammensein« immer mit einem anderen Mädchen tanzte. An der Highschool hatten Neger in den Football- und Basketball-Mannschaften gespielt, in den Klassen, in denen Norman Unterricht hatte, waren aber keine gewesen. Es wohnten auch keine in ihrem Viertel, obwohl manche Familien farbige Putzfrauen beschäftigten, und Neger waren auch nicht zu ihnen zu Besuch gekommen, obwohl an der Schule, an der seine Eltern unterrichteten, auch zwei »sehr nette« Neger als Lehrer arbeiteten.

In Savannahs Viertel hatte er nie einen Weißen gesehen. Einmal hatten Jungs, die in einem Hauseingang saßen, ihnen Schimpfwörter nachgerufen, aber meist schauten die Leute nur, und er war nicht sicher, ob feindselig oder bloß neugierig. Er war froh, dass er Savannah nicht mehr nach Hause zu bringen brauchte.

Er hatte es ihr zu verdanken, dass er nun »normal« war. Aber da er nicht gewusst hatte, was er erwarten sollte, wusste er nicht, ob er enttäuscht oder zufrieden war. Er wusste jedoch genug, um dankbar dafür zu sein, dass Savannah die Pille nahm.

37.

Auf dem Stadtplan, den er ihnen gegeben hatte, hatte Normans Vater eine Strecke vom Battery Park nach

Chinatown mit Rot markiert. Norman suchte das Restaurant, in dem er mit seinen Eltern gegessen hatte, fand es aber nicht wieder, und schließlich gingen er und Savannah in ein kleines Restaurant, in dem nur Chinesen saßen. Ein Kellner kam an ihren Tisch und sagte: Fisch, Schwein, Rind oder Huhn?

Savannah sah Norman an, und Norman sagte: Huhn.

Der Kellner brachte ihnen etwas, anders als alles, was Norman je gegessen hatte.

In der Nacht war es nicht ganz so schnell vorbei, aber hinterher drehten sich Norman und Savannah auf ihre Seite und schliefen ein wie tags zuvor. Beim Frühstück sprachen sie darüber, was sie an dem Tag unternehmen wollten.

38.

Von Normans Eltern hatten sie zweihundert Dollar als Hochzeitsgeschenk bekommen, die sie, wie sie sagten, für ihre Flitterwochen ausgeben sollten. Norman hatte das Geld nur zögernd genommen. Er verdiente über hundertfünfzig Dollar die Woche, viel mehr, als sie eigentlich benötigten, und hatte außerdem über viertausend Dollar auf der Bank. Aber seine Eltern ließen es sich nicht nehmen.

Die Freiheitsstatue und Chinatown waren die beiden ersten Punkte auf der Liste, bei deren Vorbereitung sie Norman geholfen hatten. Fast alles darauf war, wie sich herausstellte, für Savannah neu.

Sie gingen außerdem noch ins Kino und sahen sich *My Fair Lady*, *Mary Poppins* und *Alexis Sorbas* an. Am letzten Abend ihrer zwei Flitterwochen sahen sie sich am Broadway ein Theaterstück an, das *Wer hat Angst vor Virginia Woolf?* hieß.

Zwei

I.

Wie man das macht, ein Mädchen richtig verwöhnen, sagte Queen Esther, das weiß dieser Bambi ganz genau. *Der* hat nicht ein Fitzelchen Vorurteile im Leib.

Hat er gesagt, wo er hinwill?, sagte Norman.

Der Kleine ist ab in den Süden, Goldy, sagte Queen Esther. Ich hab ihm gesagt, er spinnt, aber er meint, für ihn ist jetzt gewaltfrei für die Freiheit dran.

2.

Jerry zeigte Norman einen Schnappschuss seiner Frau, einer Japanerin.

Die kann nicht genug kriegen, sagte er. Hast du auch an den kleinen Mann im Boot gedacht?

Norman wusste immer noch nicht, wovon Jerry sprach, nickte aber finster.

Jetzt marschieren die in Washington ein, sagte Jerry.

Wer?

Jerry kniff die Augen zusammen.

Bald werden das eine Million sein, sagte er. Die Roten haben das alles vorher geplant.

Es wird eine Million Kommunisten in Washington geben?, sagte Norman.

Ein junger Mensch wie du, sagte Jerry, sollte ab und zu mal die Nase aus dem Buch nehmen.

3.

Das Allerwichtigste, sagte Laura, ist Vertrauen. Was hier vorgeht, ist nichts für Leute wie dich und mich. Dieser Armenier und seine Haare. Er glaubt, ich wüsste nicht, dass er verheiratet ist. Sei du gut zu deiner Frau, Norman, dann ist sie auch gut zu dir.

4.

Normans Eltern lobten die Spaghetti mit Hackbällchen, die Savannah zubereitet hatte, und er und Savannah lobten die Schokoladentorte, die seine Eltern bei Ebinger gekauft hatten.

Nach dem Essen gingen sie ins Wohnzimmer, und seine Eltern kamen auf den bevorstehenden Marsch auf Washington zu sprechen.

Ein paar Leute genügen schon, sagte sein Vater, damit so etwas in Randale umschlägt. Es kann ganz fix gehen, dass es aus dem Ruder läuft.

Für Neger läuft es in diesem Land schon Jahrhunderte lang aus dem Ruder, sagte seine Mutter.

Man kann durchaus Sympathie für das Anliegen der Bürgerrechtsbewegung haben, sagte sein Vater, ohne speziell diese Veranstaltung gutzuheißen. Die könnte leicht in einer Katastrophe enden.

Ich habe eben beschlossen, dass ich hinfahre, sagte seine Mutter. Und zwar mit dem Auto, denn es ist sicher schon zu spät, noch einen Platz im Gewerkschaftsbus zu kriegen.

Und wo willst du übernachten?, sagte sein Vater.

Wenn alle Stricke reißen, sagte seine Mutter, schlafe ich im Auto.

Du findest wahrscheinlich nicht einmal einen Parkplatz, sagte sein Vater.

5.

Wenn sie wirklich fährt, sagte sein Vater, werde ich wohl mitfahren müssen.

Er schüttelte den Kopf.

Große Menschenansammlungen können sehr gefährlich sein. Bekanntermaßen verhalten sich Menschen in der Masse schlimmer, als sie es als Individuen tun. Und wenn so viele auf engem Raum zusammengedrängt sind, kann es schnell passieren, dass auf einem Einzelnen herumgetrampelt wird.

Er wischte sich mit dem Taschentuch die Stirn und die Wangen.

In Washington, sagte er, ist es noch heißer als hier. Als Norm zwölf war, haben wir mal im Juli einen Ausflug dorthin gemacht und die ganze Zeit Sprudel getrunken.

Normans Mutter kam wieder ins Wohnzimmer.

Ich möchte nicht so lange bleiben, sagte sie.

Dagegen kommt die Stimme der Vernunft wohl nicht an, sagte sein Vater.

Es ist so leicht, immer die richtigen Überzeugungen zu haben, sagte seine Mutter. Alle unsere Bekannten haben immer die richtige Überzeugung.

Jules Kamden auch?, sagte sein Vater.

Mit Ausnahme von Jules Kamden.

Willst du wirklich hinfahren?, sagte sein Vater.

Es kommt einmal eine Zeit, sagte seine Mutter, da genügt es einfach nicht, bloß zu wissen, was richtig ist.

6.

Normans Eltern gehörten zu der Viertelmillion anständig gekleideter und wohlerzogener Menschen, die vor dem Lincoln Memorial in Washington in der heißen Sonne standen und den Ansprachen lauschten. Die Fernsehkameras verweilten bei Berühmtheiten wie Jackie Robinson und Marlon Brando, Charlton Heston und Harry Belafonte, Burt Lancaster und Paul Newman.

Bei Martin Luther Kings Rede schwenkten die Kameras über die riesige Menge, und Norman meinte seine Eltern für einen Moment zu sehen.

Am nächsten Tag riefen sie an.

Es war wunderbar, sagte sein Vater. Ich hatte ein Gefühl, als gehöre jeder Einzelne dort zu meiner Familie.

Ich konnte nicht glauben, was ich gefühlt habe, sagte seine Mutter. Dort zu sein war das bewegendste Ereignis meines Lebens. Du und Savannah, ihr seid die Vorboten der Zukunft.

7.

Du wirst von Tag zu Tag hübscher, sagte Queen Esther eines Abends gut zwei Wochen später.

Sie hielt Norman am Arm zurück.

Die Einladung steht noch, sagte sie.

Hast du keine Nachrichten gehört?, sagte Norman.

Ich scher mich nicht groß um Nachrichten, sagte Queen Esther.

In einer Kirche in Birmingham wurden vier Mädchen getötet.

Diese stinkenden Mistkerle, sagte Queen Esther, diese verdammten stinkenden Mistkerle.

Saddletime tippte ihr mit seiner Stechkarte an den Kopf. Queen Esther bekam sie zu fassen und zerriss sie.

Hey, rief Saddletime.

Queen Esther zerriss die beiden Teile seiner Stechkarte noch einmal und ließ die Schnipsel zu Boden rieseln.

Hast du jetzt komplett den Verstand verloren?, sagte Saddletime.

8.

Norman hatte schon fast zwei Körbe sortiert, als Saddletime an Mr. Wohlfahrt vorbeigeschlendert kam und sich auf seinem Hocker niederließ.

Ein neuer Weltrekord, sagte Mr. Wohlfahrt.

Ich kann nichts dafür, sagte Saddletime. Queenie hat meine Stechkarte zerrissen.

Sie hat sie zerrissen, einfach so?, sagte Mr. Wohlfahrt.

Goldy hier kann es bezeugen, sagte Saddletime. Das Mädel hat den Verstand verloren.

Du hast es gesehen?, sagte Mr. Wohlfahrt.

Sie war verärgert, sagte Norman.

Verärgert?, sagte Saddletime. Ich hätte ihr eine knallen sollen, dann hätte sie sich ärgern können.

9.

Booker Smith stellte seinen leeren Korb auf das Förderband.

Du schaust arg unglücklich aus der Wäsche, Book, sagte Saddletime. Macht dein Frauchen dir das Leben schwer?

Halt den Mund, Kleiner, sagte Booker Smith.

Ich frag doch nur, sagte Saddletime.

Lass es.

Er hob sich einen Korb mit Briefen herunter und ging zu seinem Hocker zurück.

Jetzt drehen die alle durch, sagte Saddletime.

10.

Zwei Monate später wurde Präsident Kennedy erschossen. Tags darauf blieb das Postamt geschlossen und ihr College ebenfalls. Norman und Savannah blieben in ihrer Wohnung, schalteten den Fernseher aber nicht ein.

Normans Eltern riefen an.

Ich bin einfach nur *zornig*, sagte sein Vater.

Seine arme Frau, sagte seine Mutter. Manche Dinge, Norman, sind so grauenhaft, dass man es nicht begreift.

11.

Eines Morgens ungefähr ein halbes Jahr später lag ein Zettel auf dem Küchentisch, als Norman heimkam. Er starrte darauf, bis die Bedeutung der Worte sich aufgelöst hatte. Dann ging er an seinen Schreibtisch und begann zu schreiben.

Drei

1.

Im Gegensatz zur Post verlangte das Sozialamt keinen Test. Wer einen Bachelor-Abschluss vorweisen konnte, war bereits für die Position eines Sachbearbeiters qualifiziert. Nach dreiwöchiger Schulung bekam der Neuling vierundsechzig Fälle zugeteilt und den Rat, sein Fallbuch stets sichtbar mit sich zu führen, wenn er dienstlich unterwegs war.

An den Vormittagen füllten Sachbearbeiter für gewöhnlich Formulare aus, doch um Punkt neun begann das Telefon zu läuten. Klienten riefen an, Nachbarn, die anzeigten, dass eine Klientin mit einem Mann zusammenlebte, Vermieter, die Jugendhilfe, Sozialarbeiter, Polizeibeamte, Bewährungshelfer, Pflichtverteidiger und Assistenten von Kongressabgeordneten, die ein unverzügliches Handeln betreffs der bei ihnen eingegangenen Beschwerde eines Wählers anmahnten. Bei den Klienten eines Sachbearbeiters handelte es sich fast durchweg um dysfunktionale Familien in prekären Verhältnissen. Krisen waren normal. Unvorhersehbares war nicht ungewöhnlich. Zwischen den Telefonaten versuchten die Sachbearbeiter die Formulare fertig auszufüllen, wie es die Vorschriften verlangten. Manchmal schickten Vorgesetzte aber Formulare zurück und forderten Nachbesserung, unterbrachen den Sachbearbeiter zusätzlich bei einer Arbeit, die er aber abschließen musste, bevor er zu Hausbesuchen aufbrechen konnte. An manchen Tagen gab es so viele dieser Störungen, dass der Mitarbeiter gar nicht vom Schreibtisch wegkam. Und da die vom Gesetz vorgeschriebenen Hausbesuche in einem bestimmten Turnus absolviert werden mussten, standen, wenn die fünf des einen Tags nicht erledigt waren, am nächsten Tag zehn an, ob es schneite oder regnete oder ob es fünfunddreißig Grad im Schatten waren. Und am übernächsten Tag fing dasselbe von vorn an. Der Job des Sachbearbeiters beim Sozialamt war daher, wie Philipp Bamberger es ausgedrückt hätte, eine Sisyphusarbeit.

2.

Eines Vormittags rief Beth Kravitz bei Norman an, obwohl er nur zwei Tische entfernt saß. Mr. Binderoff, ihr Vorgesetzter, passte sehr genau auf, wenn sich Sachbearbeiter unterhielten.

Ich halte das nicht mehr aus, sagte sie. Mrs. Youngbloods Sohn ist wieder in Haft, ihr wurde der Fernsehapparat gestohlen, sie hat, heißt es, einen Tumor, und ihre vierzehn Jahre alte Tochter ist schwanger.

Wenn Mrs. Youngbloods Sohn im Gefängnis blieb, musste Beth ihn aus dem Budget der Familie herausnehmen. Sie musste sich von der Polizei bestätigen lassen, dass der Diebstahl des Fernsehapparats angezeigt worden war, bevor sie Mittel zum Kauf eines neuen bewilligen durfte. Die medizinische Behandlung von Mrs. Youngblood brauchte Beth nicht zu genehmigen, aber eine schwangere Minderjährige konnte einen ganzen Arbeitstag eines Sachbearbeiters beanspruchen. Zum umfangreichen Papierkram kamen das vorgeschriebene Gespräch mit der Minderjährigen und ihrer Mutter und die unerfreuliche Begegnung mit dem mutmaßlichen Kindsvater hinzu, meist ein Sechzehnjähriger, der Lebensmittel auslieferte, falls er überhaupt einen Job hatte. Von dem musste sich der Sachbearbeiter sechs Durchschläge des Formulars 384a unterschreiben lassen, *Anerkennung der Vaterschaft und Einwilligung zur Unterhaltsleistung*.

Den mutmaßlichen Vater wirst du wohl ermitteln müssen, sagte Norman.

Was bin ich, sagte Beth, die Gestapo?

Wenn du kein 384a in der Fallakte hast, kannst du kein Geld für eine Erstausstattung bewilligen. Und du kannst das Kind, wenn es geboren ist, nicht mit ins Budget aufnehmen.

Diese Leute führen so ein schreckliches Leben, sagte Beth, und hier haben alle bloß ihre verdammten Vorschriften im Kopf.

3.

Eines Freitagnachmittags, als Norman Notdienst hatte, gab Pearl Cordele, eine von Beths Klientinnen, ihre Kinder in der Abteilung Erstanträge ab.

Das machen die gern, bevor wir übers Wochenende schließen, sagte Mr. Binderoff. Ziehen Sie mal die Akte.

Norman reichte ihm die Fallakte, und Mr. Binderoff blätterte sie durch, bis er das Gesuchte gefunden hatte.

Cordele hat ihren Scheck nicht erhalten, sagte er, weil unsere Miss Kravitz es nicht geschafft hat, den turnusgemäß fälligen Hausbesuch zu machen. Die Kinder hier abzuladen ist bloß ihre Art, uns mitzuteilen, dass sie unzufrieden ist.

Er rief in der Abteilung an.

Hier Abteilungleiter Binderoff, sagte er. Wie verhält es sich mit den Kindern?

Er hörte zu und räumte unterdessen die drei Bic-Kulis, die auf seinem Schreibtisch lagen, in eine Schublade.

Es gibt eine Nachbarin, sagte er, als er aufgelegt hatte, die bereit ist, die Kinder übers Wochenende zu nehmen. Ich bewillige Ihnen hiermit mündlich ein Taxi. Lassen Sie sich aber eine Quittung geben. Die Kollegin aus *Erstanträge* will Feierabend machen, also beeilen Sie sich bitte.

Die Frau in der Abteilung zeigte auf die Uhr.

So eine Uhrzeit sollte ich hier gar nicht sehen, sagte sie.

Ein Junge, der aussah wie neun, saß auf einem Stuhl, in den Armen ein Kleinkind, etwa ein Jahr alt.

Die Taxis waren alle besetzt. Der Zug der Linie A in Richtung Bedford-Stuyvesant war gestopft voll mit Negern. Norman stand an eine Tür gelehnt, das Kleinkind an sich gedrückt, den Jungen fest an der Hand, das Fallbuch unter den Arm geklemmt. Einige Haltestellen später überließ ihm eine Frau, die ihn finster angeblickt hatte, ihren Sitzplatz.

Er läutete an Pearl Cordeles Tür, aber es machte niemand auf. Er läutete nebenan, und eine Frau öffnete ein Fenster im Erdgeschoss.

Ich bin vom Sozialamt, sagte Norman. Sind Sie die Nachbarin, die die Kinder nehmen will?

Sind Sie verrückt?, sagte die Nachbarin. Ich krieg meine eigenen kaum satt.

Ich bin befugt, sagte Norman (obwohl das nicht stimmte), Ihnen Geld auszuzahlen, da es sich um einen Notfall handelt.

4.

Eines Tages bekam Norman einen Anruf von Mr. Lewis, dem Hausverwalter der Brevoort-Wohnanlage, der ihm mitteilte, dass Concepción Maldanado andere Mieter mit einem Messer bedrohte.

Warum rufen Sie nicht bei der Polizei an?, sagte Norman.

Hab ich schon, sagte Mr. Lewis, die haben gesagt, ich soll mich wieder melden, wenn sie was gemacht hat. Sie sind doch für sie zuständig, können Sie nicht mal mit ihr reden?

Mein Spanisch, sagte Norman, ist ziemlich schlecht, und sie spricht kein Englisch.

Die Tochter von ihr, sagte Mr. Lewis, spricht so gut Englisch wie Sie und ich.

Als Norman anrief, war Graciella am Telefon.

Hier spricht Mr. Goldstein vom Sozialamt, sagte er. Man hat sich bei Mr. Lewis aus der Hausverwaltung beschwert, weil deine Mutter Leute mit dem Messer bedroht.

Gibt paar echt gemeine Nachbarn hier im Haus, sagte Graciella.

Ich möchte mit ihr sprechen, sagte Norman, aber ich brauche dich zum Übersetzen. Ich dürfte in etwa einer Dreiviertelstunde bei euch sein. Wieso bist du nicht in der Schule?

Wir haben heut freigekriegt, sagte Graciella.

5.

Ich dachte, Sie bleiben im Haus und diktieren Ihre Berichte?, sagte Mr. Binderoff.

Concepción Maldanado bedroht Nachbarn mit einem Messer, sagte Norman. Ich soll mit ihr sprechen.

Die rufen wegen allem bei uns an, merken Sie das?, sagte Mr. Binderoff. Füllen Sie für sie schon mal den Schein für die psychiatrische Notfallversorgung aus. Und passen Sie auf, dass sie Sie nicht mit dem Messer verletzt. Das zahlt die Berufsunfallversicherung nicht.

6.

Graciella führte Norman ins Wohnzimmer. Mrs. Maldanado saß auf dem Sofa.

Könntest du deine Mutter fragen, ob sie sich wegen irgendetwas Sorgen macht?, sagte Norman.

Als Graciella die Frage übersetzt hatte, machte Mrs. Maldanado große Augen. Sprach sehr erregt. Ballte die Fäuste.

Mit ihrem Magen stimmt was nicht, sagte Graciella. Ansonsten ist alles okay. Nur der Kühlschrank ist kaputt. Könnten Sie uns Geld schicken, damit wir uns einen neuen kaufen können?

Hör zu, sagte Norman. Ich möchte, dass deine Mutter am Montagmorgen um neun Uhr zu uns ins Büro kommt. Dann wird ein Arzt da sein, der Spanisch spricht. Es ist sehr wichtig.

Geht klar, sagte Graciella. Aber denken Sie bitte an unseren Kühlschrank.

An dem Wochenende stach Mrs. Maldanado eine Nachbarin nieder.

Graciella und ihre drei Brüder wurden bei einer Tante untergebracht, einer alleinerziehenden Frau mit vier Kindern, die dafür mehr Sozialhilfe bekam.

7.

Anstelle von Mrs. Maldanado bekam Norman Lillian und Coleen Evans zugeteilt, zwei Schwestern, beide über neunzig, die bereits seit der Depression von öffentlichen Mitteln lebten. In all den Jahren hatten sie kein einziges Mal um den Austausch eines Haushaltsgeräts nachgesucht.

Aufgrund ihres Alters hatten sie Anspruch auf eine Zulage von sechs Dollar pro Woche für vier Stunden »Hilfe im Haushalt«. Als Norman ihnen das erläuterte, sagten sie, sie arbeiteten beide als Hausangestellte und könnten ihre Wohnung noch gut selber sauberhalten.

8.

Die Evans-Schwestern riefen nie an, hatten noch nie einen »Beschwerdebrief« an ihren Kongressabgeordneten geschickt (auf den binnen achtundvierzig Stunden reagiert werden musste), und sie lebten seit achtundzwanzig Jahren in derselben Wohnung. Alma Blenman hingegen rief mindestens einmal in der Woche an, hatte zahlreiche »Beschwerdebriefe« verfasst und zog häufig um. Sie und ihr Mann hatten neun Kinder im Alter zwischen zwei und zwölf Jahren, und sie war im siebten Monat schwanger.

Mrs. Blenman übergab Norman eine Liste mit Haushaltsgeräten und Kleidung, die ihnen, wie sie ihm mitteilte, gesetzlich zustanden. Kinder rannten unentwegt unter lautem Geschrei zwischen dem Wohnzimmer und den anderen Räumen hin und her, ohne dass Mrs. Blenman oder ihr Mann davon Notiz nahmen.

Laut einem Vermerk in der Fallakte hatte Mrs. Blenman ein Semester lang das Kingsborough Community College besucht. Sie sprach mit angenehmer Stimme und in gedämpftem Ton.

Ihr Mann, erklärte sie, könne wegen seines Bandscheibenvorfalls nach wie vor nicht arbeiten.

Sie hatten außer der Sozialhilfe kein anderes Einkommen.

Ihre Einkünfte waren vom Gesetz gedeckelt, doch ihre Ausgaben stiegen dauernd.

Sie beschwere sich nicht, erklärte sie, denn sie kenne die Gesetze und verlange nicht mehr als das, was ihr und ihrer Familie gesetzlich zustehe.

Kinder, sagte sie, seien ein Segen. Wenn sie die nicht hätten, wären sie und ihr Mann vielleicht gar nicht mehr zusammen. Ihre größten Krisen hätten sie dadurch gelöst, dass sie beschlossen, noch ein Kind zu bekommen.

Ihr Mann, teilte sie Norman mit, werde ihm die Geburtsurkunde schicken, sobald das Baby geboren sei, damit es ins Familienbudget aufgenommen werden könne. Sobald das Kleine da ist, sagte sie noch, habe ihre Familie laut Gesetz auch Anspruch auf eine größere Wohnung.

Norman war einmal Ohrenzeuge gewesen, als sich zwei Negerinnen über Klienten unterhielten, die ein Kind nach dem anderen bekamen.

Ich seh nicht ein, warum ich mit meinen Steuern deren verantwortungsloses Verhalten finanzieren soll.

Ich sag, für die eine Obergrenze bei drei, sagte die andere. Nach dem dritten müssen sie eben jeder kleinere Portionen essen. Warum sollten Leute, die von der Fürsorge leben, es besser haben als die, die für ihren Lebensunterhalt arbeiten?

Mir ist auch nicht wohl bei dem Gedanken an Zwangssterilisation, sagte die erste, aber wenn diese Leute hecken wie die Karnickel, bleibt uns vielleicht nichts anderes übrig.

9.

Malvina Brown war eine achtundzwanzig Jahre alte kinderlose Witwe und wog über vierhundert Pfund. Norman behandelte sie zwar mit derselben Höflichkeit wie alle seine Klienten, fand sie jedoch abstoßend. Zu wissen, dass sie jedes Jahr eine besondere Beihilfe für die Anfertigung eines maßgeschneiderten Büstenhalters erhielt, war ihm äußerst peinlich. Malvina Brown hatte keinen erkennbaren Hals und keine Taille, und obwohl sie in der gefährlichen Brevoort-Wohnanlage lebte, sperrte sie ihre Tür nicht ab. Sich vom Stuhl zu erheben und aufmachen zu gehen war für sie zu anstrengend. Schon ihre

Unbeholfenheit schreckte ihn ab. Norman war unglücklich über sein Gefühl, konnte sich aber zu keinem anderen zwingen. Außerdem wurde er die nicht ganz irrationale Angst nicht los, dass er eines Tages ihre Tür aufmachen und sie tot vorfinden würde.

10.

Malvina Brown, die Blenmans und die Evans-Schwestern waren untypisch. In der Hauptsache war Norman, wie die meisten seiner Kollegen, zuständig für Familien, die aus Frauen im Alter zwischen achtzehn und fünfunddreißig Jahren und einem oder mehreren Kindern bestanden.

Manche Sachbearbeiter betrachteten die alleinerziehenden Mütter als Bonus zu ihrem Gehalt. Welche Mittel sie erhielten, war zwar gesetzlich geregelt, ein wohlwollender Sachbearbeiter konnte ihnen aber auch alle im Rahmen der Vorschriften zulässigen »Extras« gewähren. Laut Alan Levy, der in der Abteilung direkt neben der Normans saß, lag es allerdings nicht nur an diesen »Extras«, dass er bei seinen Klientinnen so beliebt war.

Ich schaue alle drei Monate vorbei, sagte er, und bringe ein bisschen Abwechslung in ihr Leben. Warum nicht? Ich bin ledig, sie sind ledig, was soll man an einem verregneten Nachmittag sonst machen? Wir sind erwachsen, und es geschieht ja alles einvernehmlich, nicht wahr?

Manche alleinerziehenden Mütter empfingen Norman im Bademantel oder im Nachthemd oder posierten in aufreizender Haltung oder sprachen mit hauchiger Stimme. Es war aber weniger die Wahrscheinlichkeit einer Krankheit oder einer Erpressung oder die Gefahr, dass plötzlich ein Freund erschien, die Norman veranlassten, so zu tun, als merke er das alles gar nicht, sondern es war sein Empfinden, dass das, was Alan Levy tat, *falsch* war.

Tatsächlich kam es nur selten vor, dass Sachbearbeiter sich mit Klientinnen einließen, »Büroliebeleien« jedoch waren gang und gäbe. Eine Sachbearbeiterin namens Maxine hatte angeblich schon mit sieben Kollegen geschlafen, einmal, so wurde behauptet, sogar mit einem, den sie um halb elf an der Kaffeeschlange kennengelernt habe und mit dem sie in der Mittagspause in einen leeren Büroraum gegangen sei. Und dann war da Mr. Stetman, ein verheirateter Abteilungsleiter, der dreiundzwanzig ledige Behördenangestellte gefragt hatte, ob sie gern eine Affäre hätten, bis er schließlich bei Kathy Lemberg anlangte, die, so wurde es berichtet, sagte: von mir aus.

Von Mr. Gudger, einem der vielen farbigen Abteilungsleiter, war bekannt, dass er schon mit mindestens fünf weißen Angestellten, alle zwischen einundzwanzig und dreiundzwanzig, alle aus guten Colleges und alle mit langem glatten Haar, geschlafen hatte. Vier der fünf waren blond. Die einen behaupteten, Mr. Gudger instrumentalisiere schlicht die Schuldgefühle liberaler Weißer für seine Zwecke, die anderen, er instrumentalisiere schlicht das Stereotyp vom sexuell potenten Nigger. Noch andere sagten wiederum: Hey, wir schreiben die Sechziger, da haben eben alle Spaß.

John Doyle, der an Normans Nachbartisch saß und mit einer jungen Frau verlobt war, die er von der Highschool vom Unbefleckten Herzen Mariens kannte, fand das nicht gut (was man auch ohne großen Scharfsinn merkte), schwieg klugerweise aber zu dem Thema.

Es gab nicht nur gemischtrassige Liebesbeziehungen, sondern auch solche zwischen verschiedenen Stufen der Hierarchie. Die Sachbearbeiter bildeten zwar die unterste Ebene bei den »Fachkräften« und hatten Abteilungsleiter, Inspektoren, Oberinspektoren und den Direktor über sich, standen in der Hierarchie aber ebenso hoch über den »Verwaltungskräften«, den Sekretärinnen, Archivmitarbeitern und Schreibkräften, wie Offiziere der Armee über einfachen Soldaten, Unteroffizieren und Feldwebeln standen. Wo so viele Männer und Frauen so viel Zeit miteinander verbrachten, spielte der jeweilige Status dennoch meist keine Rolle.

Drei Stenotypistinnen, die aus den Aufnahmen auf dem Diktiergerät getippte Berichte machten, zeigten Norman so ungeniert wie manche alleinerziehenden Mütter, dass sie nur auf ein Signal seiner Verfügbarkeit warteten. Er sandte aber keines. Eine Stenotypistin interessierte ihn bloß deshalb, weil sie blind war. Norman hatte noch nie mit Julia Dahlem gesprochen, er hatte sie aber beobachtet und war ihr einmal sogar bis in die Subway gefolgt. Erst hatte er ihr bis nach Hause folgen wollen, es sich dann aber anders überlegt. Das wäre unfair und pervers gewesen.

Eines Tages schickte Mr. Binderoff ihn in den Schreibpool, weil einige Berichte der Abteilung überfällig waren. Norman sprach mit Mrs. Hancock, der Leiterin des Schreibpools, und sie führte ihn zu Julia Dahlem.

Julia sitzt gerade daran, sagte sie.

Norman Goldstein aus der Abteilung 14 ist hier, Julia. Er will seine Berichte.

Julia Dahlem zog ihre Ohrstöpsel heraus.

Die Berichte für die 14, sagte Mrs. Hancock. Norman Goldstein ist gekommen, um sie persönlich abzuholen.

Ich bin fast fertig, sagte Julia Dahlem. Ich bringe sie Ihnen rüber, sobald ich damit durch bin, Mr. Goldstein.

Sie können Norman zu ihm sagen, Julia, sagte Mrs. Hancock. Norman ist kein Snob.

Es macht mir nichts, sie abzuholen, sagte Norman.

Ist schon okay, sagte Julia Dahlem.

Sie schob sich die Ohrstöpsel wieder hinein und tippte weiter.

Norman war gerade mit der Bewilligung der Umzugskosten für die Blenmans fertig, blickte auf und sah Julia Dahlem.

Hier sind sie, Mr. Goldstein. Entschuldigen Sie die Verspätung, aber eins der Mädchen ist schon die ganze Woche krank.

Norman hätte beinahe gefragt, woher sie wusste, dass er es war, aber dann fiel ihm ein, dass Mrs. Hancock sie ja wohl zum ersten Schreibtisch in der Abteilung 14 geschickt hatte.

Danke, sagte er, aber Sie brauchen wirklich nicht Mr. Goldstein zu mir sagen.

Julia Dahlem nickte und machte sich, mit ihrem weißen Stock tockend, auf den Rückweg zum Schreibpool.

An dem Tag folgte Norman ihr nach der Arbeit wieder in die Subway. Er bestieg denselben Wagen. Der war sehr voll, und sie mussten beide stehen, bis er wie sie an der Newkirk Avenue ausstieg.

Er folgte ihr durch baumgesäumte Straßen zu einem großen Haus. Merkte sich die Adresse und ging zur Subway zurück. Was er da tat, beruhigte er sich selbst, schadete ja niemandem. Er fand Julia Dahlem bewunderungswürdig. Er schloss die Augen und ging ein paar Schritte, verlor aber rasch die Orientierung.

In seinem Traum erklärte Julia Dahlem, blind sein sei nicht so schwierig, wie viele dachten. Er hörte ihr zu, und ihm wurde klar, dass sie eigentlich viel hübscher war, als es schien.

Tags darauf ging Norman am Schreibpool vorüber. Julia Dahlem sah aus wie immer. Irgendwann, das nahm er sich vor, würde er über sie schreiben.

11.

Einer wie du holt sich doch bestimmt oft einen runter, sagte Maxine. Wieso weichst du mir ständig aus?

John Doyle machte Hausbesuche, und Maxine setzte sich an seinen Tisch.

Du bist nicht vom anderen Ufer, oder?

Norman schüttelte den Kopf.

Könntest du mal kurz aufhören?, sagte Maxine. Arbeitssucht ist eine ernste Erkrankung.

Ich muss diese Bewilligungen bis zum Mittagessen fertigmachen, sagte Norman.

Du hast meine Frage nicht beantwortet, sagte Maxine.

Ich weiß nicht genau, wonach du mich fragst, sagte Norman.

Warum weichst du mir ständig aus?

In dieser Dienststelle arbeiten bestimmt über dreihundert Leute, sagte Norman. Ich kenne eigentlich nur die aus meiner Abteilung. Entschuldige, aber ich muss das wirklich fertigmachen.

Und, tust du's?, sagte Maxine.

Was?

Dir oft einen runterholen.

Norman wollte ihr gerade sagen, dass er damit aufgehört hatte, als Mr. Binderoff vor seinem Schreibtisch stand und sagte: Hören Sie, Miss, ich möchte nicht den Simon Legree geben, aber Goldstein hier hat zu arbeiten, und das kann er nicht, wenn er gleichzeitig Kontakte pflegt.

Finden Sie nicht auch, sagte Maxine, dass die Leute hier ein bisschen zu verspannt sind?

Ein Abteilungsleiter, sagte Mr. Binderoff, soll ein bisschen verspannt sein. Und über das Leben im Allgemeinen spricht es sich bei einem Thunfisch-Sandwich sowieso besser.

Maxine stand auf.

Wissen Sie, warum solche wie Sie auffällige goldene Eheringe tragen?, sagte sie.

Ich dachte immer, damit sich die Frauen nicht reihenweise unsterblich in uns verlieben, sagte Mr. Binderoff.

Er ging an seinen Schreibtisch zurück.

Was der braucht, ist ja auch kein Geheimnis, sagte Maxine. Bis um eins draußen vorm Haus, ich warte auf dich.

Mrs. Walters, die Vertretung für Beth, setzte sich an John Doyles Schreibtisch, als Maxine gegangen war.

Ich bin ein bisschen enttäuscht von Ihnen, sagte sie.

Wie bitte?, sagte Norman.

Ich hätte Sie für klug genug gehalten, sich mit so einer nicht einzulassen, sagte Mrs. Walters.

Bis vor zehn Minuten habe ich mit ihr noch kein Wort gewechselt, sagte Norman.

Ein junger Mann wie Sie muss lernen, sich zu schützen.

Norman aß sein Sandwich gleich am Schreibtisch, und Maxine sprach ihn niemals wieder an.

12.

Brant Varrick brauchte zum Gehen zwei Stöcke. Sein Körper war in die eine Richtung verdreht und sein Kopf in die andere. Und doch war er als Sachbearbeiter eingestellt worden und erledigte seine Arbeit so gut wie jeder andere, auch wenn er eine etwas undeutliche Aussprache hatte.

Er stellte verschiedenen Frauen aus ihrer Dienststelle aggressiv nach, keine aber gewährte ihm je mehr als gönnerhafte Freundlichkeit. Hartnäckig hielt sich das Gerücht, dass Brant Varrick, der anders als die meisten anderen Kollegen stets mit Anzug und Schlips ins Büro kam, eine Straße unweit des Sozialamtsgebäudes frequentierte, in der Negerinnen als Prostituierte arbeiteten.

Manche verurteilten Brant Varricks Verhalten als »ekelhaft«, andere entschuldigten es als »verständlich«, und noch andere erklärten es für »unprofessionell« – alles unter dem Vorbehalt, dass das Gerücht stimmte.

Als Brant Varrick genau in dieser Straße niedergeschlagen und ausgeraubt wurde, bekundeten manche Mitgefühl, manche Empörung über die Abscheulichkeit eines solchen Überfalls, und noch andere äußerten unverhohlen, Brant Varrick habe nur bekommen, was er verdiene.

Norman hörte sich alles an. Selbst wenn Brant Varrick getötet worden wäre, wurde ihm klar, wäre das für ihn nicht realer gewesen als der Tod einer literarischen Figur.

13.

Cora konnte sich in null Komma nichts anziehen. Einen Slip, ein Kleid und Espadrilles, und sie war gehfertig. Von ihr lernte Norman, warum man gegen den Krieg in Vietnam sein musste. John Doyle ausgenommen, kannte Norman aber niemanden, der nicht dagegen gewesen wäre.

Als Norman ihm einen Artikel über Kardinal Spellman zeigte, der die Panzer in Vietnam gesegnet hatte, warf John Doyle ihm vor, sich über seine Religion lustig zu machen.

Cora und Norman fuhren nach Washington zum Marsch auf das Pentagon. Im Zug zurück nach New York war sie schweigsam. Mit einem Mal riss sie sich den FUCK THE WAR-Button herunter.

Diese Faschistenschweine, sagte sie, wissen ganz genau, was sie tun. Sie lassen uns protestieren, und wir lassen sie Bomben abwerfen. Repressive Toleranz ist eine feine Sache, Norman, nur leider sterben zu viele Unschuldige.

14.

Normans Einberufungsbehörde hatte ihn von Anfang an als »2-S« eingestuft, weil er Student war. Als er heiratete, teilte er das der Einberufungsbehörde vorschriftsgemäß mit und bekam daraufhin die neue Einstufung als »3-A«, was bedeutete, dass jemand auf seinen Unterhalt angewiesen war. Als er die Scheidungspapiere unterschrieben hatte, teilte er auch das der Einberufungsbehörde mit, die sich bei ihm aber nicht meldete. Er trug in seiner Brieftasche nun, wie es die Vorschrift von ihm verlangte, seinen Wehrpass mit der inzwischen überholten Einstufung als »3-A« mit sich herum.

Bei den Sachbearbeitern kam der Krieg nur selten zur Sprache, eines Tages aber hörte Norman Jason King vor Alan Levy damit prahlen, dass er bei der ärztlichen Untersuchung durchgerasselt war, weil er die ganze Woche zuvor fast nichts gegessen und kaum geschlafen hatte. Wenn es damit nicht geklappt hätte, sah sein Plan B vor, sich für homosexuell auszugeben oder sich vom Psychiater seiner Mutter eine psychische Labilität attestieren zu lassen. Wer nach Vietnam ging, sagte er, war ja wohl verrückt.

Falls er eingezogen werden sollte, sagte Alan Levy, würde er sich einen Job als Lehrer an einer Highschool besorgen, denn da wurde man zurückgestellt. Aber solange die ihn in Ruhe ließen, hatte er Besseres zu tun, als sich Sorgen zu machen. Wie lange konnte der Krieg eh noch dauern?

Norman wusste nicht, was er tun würde, wenn er eingezogen wurde. Sein Vater hatte immer sehr bedauert, dass er wegen seiner schlechten Augen nicht im Zweiten Weltkrieg hatte mitkämpfen können. Der Zweite Weltkrieg erschien allen aber als ein Kampf Gut gegen Böse. Der Vietnamkrieg war ganz und gar überflüssig. Norman kannte die Argumente gegen Amerikas Einmischung alle. Würde er nach Kanada fliehen? Versuchen, eine Lehrerstelle zu ergattern? Oder den Wehrdienst verweigern und ins Gefängnis gehen?

Sein Telefon läutete.

Es war Beth Kravitz.

Gott sei Dank hab ich dich erwischt, Norman. Ich kann meine Miete nicht bezahlen. Die wollen mich auf die Straße setzen. Ein Bachelor in bildender Kunst ist absolut wertlos. Was soll ich bloß machen?

Norman sagte ihr, er werde ihr einen Scheck für die Miete schicken und etwas Geld zur Überbrückung, solange sie einen Job suche. Sagte, sie solle sich nicht entmutigen lassen, und versicherte ihr, dass sie bald etwas finden würde.

Als er aufgelegt hatte, merkte er, dass er für Beth genau dasselbe empfand wie für seine Klienten. Das Geld auf seinem Sparkonto war bloß Zahlen auf Papier. Wenn er für Beth einen Scheck ausschrieb, war das im Grunde nicht anders, als wenn er ein Formular ausfüllte und jemandem aus seiner Kundschaft etwas bewilligte.

Wie lange *konnte* der Krieg dauern? Bis die Musterungsbehörde wieder an ihn dachte, war er bestimmt so gut wie vorbei.

15.

Am Tag nach den tödlichen Schüssen auf Martin Luther King kam Mrs. Walters zu Normans Schreibtisch und legte die Hand auf seine Schulter.

Wenn so etwas passiert, sagte sie, kommen einem die eigenen Sorgen eigentlich ganz klein vor.

Sie setzte sich an John Doyles Schreibtisch. Der hatte sich krankgemeldet.

Als Kennedy erschossen wurde, ging es mir genauso, sagte sie. Aber ehe ich mich's versah, waren meine Sorgen wieder im Dienst.

Sie legte noch einmal die Hand auf seine Schulter.

Ich an Ihrer Stelle, Norman, würde heute keine Hausbesuche machen. Haben Sie eine Freundin?

Sie ist in den Untergrund gegangen, sagte Norman.

Mein aufrichtiges Beileid, sagte Mrs. Walters.

16.

Nach mehrjährigem Abendstudium hatte Norman alle Kurse abgeschlossen, die Voraussetzung für eine Promotion waren, und konnte dank eines Stipendiums der Ford-Stiftung beim Sozialamt aufhören.

Das Stipendium hatte er sicher deshalb bekommen, weil er als Thema seiner Dissertation Sutton Griggs (1872-1933) vorgeschlagen hatte, einen farbigen Geistlichen, dessen fünf Romane zwar ausnehmend schlecht geschrieben, historisch aber von Bedeutung waren.

Da er inzwischen selbst schrieb, hatte er sich gegen Hemingway oder Steinbeck oder Faulkner entschieden, die ihn, fürchtete er, zu stark beeinflussen würden. Griggs mit seinen verwickelten Plots, seinen unglaubwürdigen Gestalten und seinen gestelzten Dialogen stellte hingegen keine Gefahr dar.

17.

In »Immer am Mittwochnachmittag« hatte Norman aus Mrs. Walters eine einsame Witwe gemacht. Im wahren Leben lief es nicht so glatt.

Mein Mann, sagte Mrs. Walters eines Donnerstagnachmittags, als sie ihre Bluse zuknöpfte, ahnt etwas. Der Mann besitzt eine Waffe, Norman.

Vier

1.

Früher wäre Norman mit einem Doktortitel eine Stelle als Dozent an einem College oder einer Universität sicher gewesen, inzwischen gab es jedoch zu viele Dr. phil.s und zu wenige Stellen. Er verschickte seinen Lebenslauf hundert Mal und bekam siebenundsechzig Mal einen Formbrief mit einer Absage. Sein Stipendium war ausgelaufen. Er hatte noch nicht entschieden, was er tun wollte, als sein Doktorvater anrief und ihm, fast entschuldigend, eine Stelle als Lehrbeauftragter anbot. Es dauerte eine Weile, bis ihm dämmerte, dass »Lehrbeauftragter« Teilzeit und schlecht bezahlt bedeutete, aber er hatte zumindest einen Job.

2.

Norman bereitete sich gewissenhaft auf jede Unterrichtsstunde vor, sprach langsam und deutlich und antwortete vernünftig auf Fragen. Er hatte zwar keinen nennenswerten Humor, doch die Studenten schätzten seine Ernsthaftigkeit und die ungekünstelte Höflichkeit, mit der er sie behandelte.

3.

Die Anschuldigungen gegen Mr. Nimmermeyer waren *der* Skandal in Normans Kindheit gewesen. Obwohl schließlich entlastet, verließ er die Highschool, an der er und Normans Eltern unterrichteten, aber dennoch, und es ward nie wieder von ihm gehört. Normans Mutter war von Mr. Nimmermeyers Unschuld überzeugt. Gleichermaßen überzeugt war Normans Vater von seiner Schuld. Sein Vater glaubte fest an die Richtigkeit dessen, was er stets *in loco parentis* nannte.

Nun waren Collegestudenten allerdings keine Kinder. Pia Friedman erinnerte Norman an Jessica Stein. Er stellte sich vor, neben ihr auf einer Bank zu sitzen. Stellte sich vor, worüber sie sich unterhielten. Und dass sie in seiner Wohnung war. Und dass sie ihre Bluse aufknöpfte. Doch noch bevor sie beim zweiten Knopf angelangt war, begriff er, dass sie eine Eins erwartete. Sie würde es ihren Freundinnen erzählen. Und für seinen Vater wäre er nicht besser als Mr. Nimmermeyer.

4.

Während seines zweiten Semesters wurde Norman gebeten, einen Gastvortrag am College Sechzig plus zu halten. Er sprach über die als Harlem Renaissance bekannte literarische Bewegung afroamerikanischer Schriftsteller der zwanziger Jahre.

Hinterher kam eine Frau zu ihm ans Podium.

Genial, Professor Goldstein, absolut genial. Ich bin Mrs. Vanderhaven und würde Sie gern auf ein Glas einladen.

Sie waren kaum auf die Straße getreten, da hob sie die Hand und ein Taxi hielt.

Mein Ex-Mann, sagte sie, mochte überfüllte Bars, ich hingegen ziehe die Ruhe bei weitem vor.

5.

Früher, sagte Mrs. Vanderhaven, konnte ich das, die alberne kleine Naive spielen, die mal hierhin, mal dahin flattert und nichts im Kopf hat als ihre eigenen Wünsche. Aber so kann ich mich ja nun nicht mehr aufführen, oder? Sie sind ein attraktiver junger Mann, und ich bin inzwischen eine grässliche alte Frau. Es kostet mich über zweihundert Dollar, mir die Haare machen zu lassen, aber wer sieht das noch?

Könnte ich doch mit dem Finger schnipsen und sterben! Ich würde ja von meinem Balkon springen, aber ich möchte nicht, dass meine Nachbarn mich als blutigen Brei sehen.

Haben Sie eine Freundin, Norman?

Norman schüttelte den Kopf.

Sie sind keiner von diesen Homosexuellen, oder doch?, sagte Mrs. Vanderhaven. Denen begegnet man jetzt ja auf Schritt und Tritt. Natürlich ist man ihnen immer auf Schritt und Tritt begegnet, aber früher hatten sie wenigstens den Anstand, es nicht zu zeigen. Nichts ist mehr, wie es einmal war. Sogar die Neger sind nicht mehr wie früher. Ich hatte Neger immer sehr gern. Das waren die liebsten, sanftesten Menschen auf der Welt, und jetzt sind sie immerzu zornig.

New York war mal eine wundervolle Stadt. Man konnte zu jeder Tages- und Nachtzeit im Central Park spazierengehen. Die Menschen waren freundlich. Sie waren zufrieden. Ich war eine hübsche junge Frau.

Sie schenkte sich ein neues Glas Champagner ein.

In meinem Eisschrank, sagte sie, steht eine von diesen Plastikdosen, in denen man die Reste aufbewahrt. Da liegen zehn frische Tausenddollarscheine drin. Sie verstehen mich, Norman, ja?

Norman sah auf seine Armbanduhr.

Vielen Dank für den Champagner, Mrs. Vanderhaven, sagte er, aber ich habe um vier Unterricht.

Oh, Norman, sagte Mrs. Vanderhaven.

6.

Als *Staatliche Fürsorge* herauskam, wurde Norman zum Hochschulassistenten mit Festanstellung befördert. Da er unveränderlich schüchtern war, wurde er von niemandem in seinem Fachbereich abgelehnt, auch wenn er im Grunde bloß Schriftsteller war. Er war auch bei Dinnerpartys ein gern gesehener Gast, denn die Bereitschaft zuzuhören war an seiner Universität noch seltener als ein unverheirateter heterosexueller Mann.

Auf so einer Party lernte Norman Maggie kennen.

Du bist schwul, nicht?, sagte sie.

Wie bitte?, sagte Norman.

Homosexuell, sagte Maggie. Vom anderen Ufer.

Nicht dass ich wüsste.

Ich flirte seit einer Viertelstunde mit dir, sagte Maggie, und du hast nicht reagiert.

Entschuldigung.

Du kannst dich nicht dafür entschuldigen, dass du nicht reagiert hast. Ich bin zufällig eine attraktive und intelligente Frau, und nach allem, was man hört, bist du sehr, sehr unverheiratet.

Verheiratet war ich mal, sagte Norman.

Und?

Meine Frau hat mich verlassen.

Wie lange ist das her?

Zehn Jahre oder so, sagte Norman.

Massenhaft Zeit, sich zu erholen, sagte Maggie.

Ich komme allein offenbar besser zurecht.

Und Zärtlichkeit?, sagte Maggie. Hast du schon mal versucht, dir selbst den Rücken zu massieren?

Je weniger jemand braucht, sagte Norman, desto besser ist er gegen Enttäuschung gefeit.

Das, sagte Maggie, ist eine beschissene Lebensphilosophie.

7.

Eines späten Sonntagnachmittags, Norman stellte sich gerade Phil mit Queen Esther im Bett vor, läutete es an seiner Tür. Bestimmt Jack O'Neal, der sich Eier oder Butter borgen will, dachte er, oder Mrs. Warren, die ihm etwas brachte, das sie gebacken hatte. Natürlich gelang es manchmal Zeitschriftenverkäufern oder Zeugen Jehovas, ins Gebäude zu kommen, aber da kein New Yorker die Tür öffnete, ohne vorher durch den Spion zu schauen, schaute Norman erst durch den Spion. Draußen stand, verzerrt, Maggie.

Ich lad dich zum Essen ein, sagte sie, als er geöffnet hatte.

Das ist sehr nett von dir, sagte Norman, aber ehrlich gesagt bin ich gerade mitten in einer Sache.

Das läuft dir nicht weg, sagte Maggie. Möchtest du mich nicht mal reinbitten?

Entschuldigung.

Norman hatte nie Besuch. Sein Wohnzimmer war praktisch eine Erweiterung seines Arbeitszimmers.

Ich räum dir was zum Sitzen frei, sagte er.

Nicht nötig, sagte Maggie. Zur Auswahl stehen chinesisch, indisch oder japanisch. Das Restaurant darfst du dir aussuchen.

Ehrlich gesagt …, sagte Norman.

Ehrlich gesagt, sagte Maggie, hast du bei manchem keine Wahl. Ich war auch mal verheiratet, ich lebe auch schon zu lange allein. Ich leide auch an einer Unterversorgung mit Zärtlichkeit. Der einzige Unterschied zwischen uns ist, dass ich keine verkorkste Lebensphilosophie habe. Ich hab meine schwachen Punkte, sogar Macken, ich kann sehr schwierig sein, aber ich glaube nicht, dass wir in die Welt gesetzt wurden, damit wir uns vor Enttäuschungen hüten. Enttäuschung ist unser täglich Brot. Du solltest Schuhe anziehen.

Du brauchst mir nicht zu sagen, dass ich dich herumkommandiere, sagte Maggie, als sie in einem Restaurant in Chinatown saßen, denn das ist nicht zu übersehen. Ich tue es aber aus dem besten aller möglichen Gründe: Es ist nicht gut, dass der Mensch allein sei. Das stammt von Gott persönlich, Norman.

8.

Nachdem sie Zärtlichkeit erlebt hatten, sagte Maggie zu Norman, sie wolle ein Kind.

Du bist meine letzte Chance, sagte sie.

Ich glaub nicht ..., sagte Norman.

Ich weiß, was du nicht glaubst, aber die Vaterschaft verändert einen Menschen vollkommen.

Nachdem sie es drei Monate nach allen seinerzeit bekannten Regeln der Kunst probiert hatten, schickte Maggie Norman in eine Fruchtbarkeitsklinik. Um neun Uhr morgens händigte man ihm einen Plastikbecher aus und schickte ihn in einen Raum mit gekachelten Wänden. Auf dem Tisch lagen Zeitschriften mit Fotografien von Frauen.

Obwohl die Anzahl seiner Spermien normal war, wollte Maggie eine zweite Meinung. Diesmal lief in dem Raum mit den gekachelten Wänden ein Video. Wieder war Normans Spermienanzahl normal.

Bei mir ist alles in Ordnung, schrie Maggie, und bei dir ist alles in Ordnung, also was ist los?

Maggie bestand darauf, dass sie zu einem Therapeuten gingen.

Ja, stimmte der Therapeut zu, psychologische Faktoren können entscheidend sein.

Sie sagen also auch, wenn ein Partner eigentlich kein Kind möchte, wird es auch nichts, sagte Maggie.

Das, sagte der Therapeut, ist durchaus möglich.

9.

Als Maggie ging, wusste Norman nicht, was er fühlte. Er arbeitete weiter an seinem Roman über das Postamt, und obwohl es während der nächsten Jahre Frauen gab, fühlte er sich keiner so nahe wie seinen Figuren.

Das Dunkel der Nacht kam sehr gut an, und Norman bewarb sich mit Erfolg als Writer-in-Residence an einem kleinen, aber renommierten College zwei Zugstunden von New York entfernt.

Als er eines Tages eine Mitteilung des Fachbereichs las, merkte er beim Blick auf das Datum, dass er, wie auch immer, zweiundvierzig geworden war.

Fünf

I.

Du siehst fabelhaft aus, Norman, sagte seine Mutter. Hab ich recht, Si?

Er altert nicht, sagte sein Vater. Es wird das viele Laufen sein.

Dein Vater macht seine Spaziergänge auch immer noch, sagte seine Mutter.

Ich wandere am Ozean entlang, Norm, sagte sein Vater, und denke dann unweigerlich, wie herrlich es auf dieser Welt sein könnte. Und dann les ich Zeitung, und mein Blutdruck schießt durch die Decke. Wie konnten sie einen Mann wie Reagan nur wiederwählen? Feigenbaum hat für ihn gestimmt.

Feigenbaum?, sagte seine Mutter.

Wegen Israel, sagte sein Vater. Jüdischer Chauvinismus gehört zu den Dingen, denen man hier unten nicht entkommt. Für diese Leute ist nur Israel wichtig, sonst nichts.

Wie wär's, wenn wir mal Norman zu Wort kommen lassen?, sagte seine Mutter.

Die große Neuigkeit dürfte wohl sein, sagte Norman, dass ich mir ein Haus gekauft habe.

Ein Haus, sagte sein Vater, ist genau das, was der Mensch braucht. Das ist deine Chance, endlich eine Familie zu gründen. Wenn nicht diese Florida-Sonne wäre, würden wir immer noch in dem fabelhaften alten Haus in der Straße am Prospect Park wohnen.

Kannst du dir vorstellen, Frieda, wie riesig der Park für ein Kind ausgesehen haben muss? Norm dachte wahrscheinlich, er lebt auf dem Land. Weit fortgelaufen ist er allerdings nie.

Du warst ein vorsichtiges Kind, Norman, sagte seine Mutter.

Ich kann mich nicht erinnern, dass er sich mal irgendwo wehgetan hätte, sagte sein Vater.

Seine Mutter seufzte tief.

Was?

Rhonda Plishkin, sagte seine Mutter.

Was ist das für eine Welt, sagte sein Vater, in der eine Dreijährige ihr Leben verliert, weil sie hinter einem Ball herrennt?

Er schüttelte den Kopf.

Man möchte meinen, ich hätte es inzwischen begriffen, sagte er. Aber lassen wir das. Es gibt ein Chinarestaurant nicht weit von hier, Norm, das ist genau wie in Brooklyn.

Er wollte dich nicht beunruhigen, Norman, sagte seine Mutter, als sein Vater hinausgegangen war, aber ich fürchte, ich habe nicht mehr lange zu leben. Vielleicht habe ich keine andere Gelegenheit mehr, mich zu entschuldigen. Du hattest Besseres verdient. Du hast nie etwas verlangt und mir nie Kummer gemacht und warst deshalb leicht zu übersehen. Ich wollte mich ja meistens in mein Zimmer verkriechen und lesen. Ich war nicht herzlich, Norman. Das tut mir sehr leid. Eine Mutter sollte das sein. Zum Glück hattest du ja noch deinen Vater.

Normans Vater kam wieder herein und reichte ihm die Speisekarte mit den Gerichten des Lieferservice.

Man ruft bei denen an, sagte er, und wenn man den Tisch fertig gedeckt hat, sind sie schon da.

2.

Keine zwei Wochen später rief sein Vater an und teilte ihm mit, dass seine Mutter gestorben war. Norman weinte nicht. Sein Vater weinte, und so bot Norman ihm an, ihn zu sich zu nehmen. Er schämte sich der Erleichterung, die er empfand, als sein Vater sagte, er sei zu alt, um noch einmal umzuziehen. *Er* war nicht herzlich. Gewissenhaft, das ja, er behandelte andere anständig und bemühte sich, ehrlich zu sein, aber er *umarmte* nie jemanden.

3.

Jetzt sagt er, die SSler seien Opfer des Krieges wie alle anderen auch, sagte sein Vater eines Sonntags, als Norman anrief. Als nächstes sagt Reagan uns noch, wir sollten Mitgefühl mit Hitler haben, weil er erst achtzehn war, als seine Mutter starb. Jedes Wort, das diesem Mann aus dem Mund quillt, raubt mir einen Monat meines Lebens. Erinnerst du dich noch, als er sagte, wir hätten Krieg gegen die Armut geführt, und die Armut hätte gewonnen? Der Mann glaubt nach wie vor, Vietnam wäre richtig gewesen, und wenn ihn niemand aufhält, zieht er uns in einen Krieg in Mittelamerika hinein.

Wie ist ein zweitklassiger Schauspieler an die Rolle des Präsidenten der Vereinigten Staaten gekommen? Die Demokraten hätten Burt Lancaster oder Paul Newman nominieren sollen.

Deine Mutter hat mir mal geraten, nicht mehr Zeitung zu lesen, und ich hab eine Woche durchgehalten. Aber ich kam mir vor wie ein Betrüger. Wenn ich sonst schon nichts tun konnte, konnte ich wenigstens leiden. Und darum lese ich immer noch Zeitung und leide immer noch. Es wär gescheiter, wir würden über dich sprechen.

Da gibt's nicht viel zu sagen, sagte Norman. Ich unterrichte, ich korrigiere Arbeiten, und ich schreibe.

Und Geselligkeit?

Brauche ich anscheinend nicht, sagte Norman.

Wie du weißt, ist die Bibel nicht gerade mein Lieblingsbuch. Aber im *Prediger Salomo* steht etwas, das solltest du dir mal ernsthaft durch den Kopf gehen lassen: »Legen zwei sich zusammen nieder, so wird ihnen warm; aber einem Einzelnen, wie soll es ihm warm werden?«

Früher, als der Zen-Buddhismus so beliebt war, sagten die Leute immer: Was hört man, wenn eine Hand klatscht? Das sollte eine tiefe Weisheit sein. Aber wenn eine Hand klatscht, Norm, hört man gar nichts.

4.

In einem Film, wenn da jemand stirbt, sagte Normans Vater, war's das halt, im wahren Leben aber macht das immer Umstände. Ich mache mir Gedanken um unsere Bücher. Ich wollte sie als Andenken an deine Mutter einer Bibliothek spenden, aber es sieht so aus, als bleibe mir dafür keine Zeit mehr.

Ich kann morgen früh einen Flug kriegen, sagte Norman.

Warte mal noch, sagte sein Vater. Ich bin in guten Händen. Immaculata de Borbon y Borbon. Das ist ein Name, was? Ihre Eltern waren Flüchtlinge aus Kuba.

Mit etwas Glück, sagte Norman, bin ich bis Mittag da.

Für mich wäre es leichter, sagte sein Vater, mich am Telefon zu entschuldigen. Ich war so damit beschäftigt, der großartigste Lehrer auf der ganzen Welt zu sein, dass ich mir für dich nie Zeit genommen habe. Zum Glück hattest du ja noch deine Mutter. Als Vater war ich bestenfalls eine Drei minus.

5.

Immaculata de Borbon y Borbon hatte nicht den Hauch eines spanischen Akzents, und Norman wusste nicht gleich, wer sie war.

Er flog nach Miami und traf Vorkehrungen für eine Einäscherung. Leute von der Vinzenzgemeinschaft holten die Möbel und die Kleidung ab, die Bücher aber erwiesen sich als Problem. Normans Eltern besaßen über dreitausend Bücher, und die fünf Bibliothekare, mit denen er sprach, sagten alle, sie hätten einfach keinen Platz. Alle rieten ihm, bei der Heilsarmee anzufragen.

Das einzige Buch, das Norman selber wollte, *Krieg und Frieden*, ein Buch, das seine Eltern sich gegenseitig in einem Sommer vor seiner Geburt vorgelesen hatten, war nicht da. Schließlich rief er doch bei der Heilsarmee an. Die Frau, mit der er sprach, versicherte ihm, dass alle Erlöse aus dem Verkauf der Bücher seiner Eltern Obdachlosen zugutekämen.

6.

Norman widmete *Prospect Park* dem Andenken an seine Eltern. Bei seinen Studenten im Schreibkurs war er weiterhin beliebt, weil seine Kritik ermutigend und zugleich sehr präzise war. Er war auch bei seinen Kollegen beliebt, weil er trotz seiner literarischen Erfolge nach wie vor schüchtern war.

In der Mensa der Fakultät wurde er eines Tages Ohrenzeuge einer Diskussion über die »Neue Enthaltsamkeit« und war überrascht, dass es noch andere gab, die wie er waren. Seine Enthaltsamkeit war jedoch schon über zehn Jahre alt. Sie war das Geschenk, das er sich zu seinem fünfzigsten Geburtstag gemacht hatte.

Sechs

I.

Die wollen uns den Nachschub an Studentinnen streichen, sagte Cogan. Menschen, die alt genug sind zu wählen und alt genug, nach Mesopotamien in den Krieg geschickt zu werden, sind ja wohl alt genug, mit ihren Professoren ins Bett zu gehen.

Ich rück mal ein Stück rüber, sagte Norman.

Dr. Browning klopfte mit seinem Hämmerchen aufs Podium.

Sitzt hier schon jemand?, sagte Norman.

Vashti Jackson lächelte und schüttelte den Kopf.

Wir kommen jetzt, sagte Dr. Browning, zum Vorschlag für eine Regelung, die bestimmte Formen sozialer Interaktion zwischen Lehrkörper und Studentenschaft untersagt.

Fakultätsangehörigen, las er vor, ist es nicht gestattet, unangemessene Beziehungen zu Studenten zu unterhalten. Hierzu gehören unter anderem private Treffen, Geschlechtsverkehr und eheähnliche Gemeinschaften.

Einige Anwesende kicherten.

Verstöße gegen diese Regelung, las Dr. Browning, können mit einer Relegation der betreffenden Studentin und der Entlassung des Fakultätsangehörigen geahndet werden.

Ein aus Vertretern des Lehrkörpers und der Studentenschaft bestehendes Gremium soll alle diesbezüglich erhobenen Anschuldigungen untersuchen und abschließend dazu Stellung nehmen.

Die Debatte über die vorgeschlagene Regelung, sagte er, ist hiermit eröffnet.

Vashti Jackson sah auf ihre Uhr, und Norman sah auf seine.

Der blanke Faschismus, rief Cogan.

Ich muss die Anwesenden bitten, die Hand zu heben

und zu warten, bis der Versammlungsleiter ihnen das Wort erteilt, sagte Dr. Browning.

Unsere Studenten können auf Lektionen in angewandtem Totalitarismus verzichten, sagte Cogan, genau wie wir.

Bitte, Professor Cogan, sagte Dr. Browning, Sie als Politologe begreifen doch sicher, dass wir uns hier an die Gepflogenheiten des parlamentarischen Diskurses halten müssen.

Sehen Sie irgendwo erhobene Hände?, sagte Cogan.

Nicht alle, sagte Dr. Browning, haben ein gleich flinkes Mundwerk.

Haben die Wichtigtuer, die diese Regelung vorgeschlagen haben, den Mumm, sich zu erkennen zu geben?, sagte Cogan.

Ich muss darauf bestehen, Professor Cogan, sagte Dr. Browning, dass Sie die Hand heben und erst sprechen, wenn man Ihnen das Wort erteilt hat.

Cogan stand auf und reckte den Arm zum Nazi-Gruß. Vereinzelt wurde gekichert, und er setzte sich.

Frau Professor Moffat erhob die Hand.

Danke, Professor Moffat, sagte Dr. Browning.

Aus gutem Grund, sagte Professor Moffat, ist es Psychiatern untersagt, Sex mit ihren Patienten zu haben, oder Anwälten mit ihren Klienten. Die jungen Leute, die uns anvertraut sind, verdienen denselben Schutz. Vielleicht schmeichelt es dem Ego gewisser Mitglieder der Fakultät, wenn sie leicht beeinflussbare junge Frauen verführen, aber das ist keine Gehaltszulage, die wir akzeptieren sollten. Es ist an der Zeit, den Begriff *in loco parentis* neu ins Bewusstsein zu heben. Unsere Regelung untersagt sexuelle Beziehungen zwischen Studenten und Lehrkräften, weil es sich dabei um eine besonders verhängnisvolle Form von Inzest handelt.

Cogan hob die Hand. Dr. Browning ließ den Blick über das Auditorium schweifen, in dem sich sonst aber niemand meldete.

Fassen Sie sich bitte kurz, Professor Cogan.

Die vorgeschlagenen Regeln, sagte Cogan, vermitteln unseren Studenten nicht nur einen Einblick in die Praxis totalitärer Herrschaft, sondern eignen sich auch zum Einüben von Heuchelei. Wer von den Anwesenden würde seine Ehe oder die vergleichbare Form, in der er lebt, als glücklich bezeichnen? Ich bitte um Meldungen.

Nicht eine Hand erhob sich.

Damit ist die Angelegenheit wohl geklärt, sagte Cogan.

Niemand, sagte Dr. Browning, hat Ihre Frage ernst genommen, weil sie für unsere Diskussion ohne Belang ist.

Der sechsundzwanzigste Zusatz zur Verfassung der Vereinigten Staaten, sagte Cogan, erklärt Achtzehnjährige für reif genug, ihre politischen Repräsentanten zu wählen. Diese Regelung jedoch erklärt sie für nicht reif genug, ihre Liebespartner zu wählen. Eine ehrliche Abstimmung würde zeigen, wie schlecht es um die Reife von uns allen steht. Ich schlage daher vor, dass wir uns nicht anmaßen, in diese geheimnisvollen Vorgänge einzugreifen, und demütig zugeben, dass wir in Liebesdingen alle gleich unwissend sind.

Der Mann ist ein Täter, schrie Professor Moffat. Natürlich fürchtet er seine Entlassung.

Wie schnell gewisse Leute, sagte Cogan, doch von *in loco parentis* zu *ad hominem* voranschreiten.

Wir sind hier nicht in einer Bar, sagte Dr. Browning und klopfte mit dem Hämmerchen auf sein Podium. Ich muss darauf bestehen, dass jeder, der etwas sagen will, die Hand hebt und wartet, bis er das Wort erhält.

Professor Clark hob die Hand.

Sehen Sie, es ist ganz einfach, sagte Dr. Browning. Professor Clark, bitte.

Bevor ich mich in den Ruhestand zurückziehe, sagte Professor Clark, möchte ich einen Vorschlag zur Güte machen und Ihnen einen Rat geben. Hüten Sie sich davor, zu Spitzeln zu werden. Mit Klatsch und Tratsch hetzen sie den Bruder gegen den Bruder und die Schwester gegen die Schwester. Einen McCarthyismus des Betts kann dieser Campus nicht brauchen. Und ich bin wie mein verehrter Kollege Padraig Cogan der Ansicht, dass wir uns nicht anmaßen sollten, dem Herzen in seinem geheimnisvollen Walten Vorschriften zu machen. Vor fast vierzig Jahren, ich war damals Lehrbeauftragter, hatte ich wundervollen Geschlechtsverkehr mit einer Studentin. Keiner von uns beiden hat das Geschehene je bedauert. Minerva und ich sind jetzt seit fast vierzig Jahren verheiratet.

Vashti Jackson sah auf ihre Uhr und Norman auf seine.

Ich schlage vor, sagte Dr. Browning, dass wir für heute schließen und die Diskussion zu einem späteren Zeitpunkt fortsetzen.

Gelobt sei der Herr, sagte Vashti Jackson.

Cogan meldete sich ungestüm wie ein Schüler in der Grundschule.

Kann das nicht warten?, sagte Dr. Browning.

Als Martin Heidegger, sagte Cogan, Katholik, hochangesehen, verheiratet, Vater zweier Kinder, die Affäre mit seiner achtzehnjährigen Studentin Hannah Arendt hatte, ging das nur ihn, Hannah und seine Frau etwas an. Seine Affäre mit den Nazis jedoch geht uns alle etwas an, und das bis heute.

Als Dr. Browning die Versammlung mit seinem Hämmerchen beendete, nahm Vashti Jackson ihre kleine Reisetasche vom Boden, und Norman nahm seine.

2.

Ich tu mich schwer, zu begreifen, sagte Vashti Jackson, warum der Verfasser von *Prospect Park*, ein Mann, der das Verlangen nach menschlicher Gemeinschaft mit feinen Antennen erspürt, so lange allein gewesen ist.

Ich begreife es selber nicht richtig, sagte Norman.

Vielleicht, sagte Vashti Jackson, geht es nur darum, die richtige Frau zu finden.

Du wolltest bestimmt arbeiten, sagte Norman.

Könnte ich, ja, sagte Vashti Jackson.

3.

Als ich den Brief an deinen Verlag geschickt habe, sagte Savannah, habe ich nicht damit gerechnet, dass du antwortest. Und erst recht nicht damit, dass du zu einem Treffen bereit wärst. Ich hab dir übel mitgespielt, Norman. Ich hab dich unter Vorspiegelung falscher Tatsachen geheiratet. Im Grunde wollte ich bloß weg von meiner Mutter.

4.

Du musst dich mit dem Blut des Lamms waschen, sagte Savannahs Mutter.

Norman kniete an ihrem Bett.

5.

Lüg mich an, Norman, sagte Angie. Sag mir, dass ich immer noch jung und wunderschön aussehe.

Du bist eine sehr schöne Frau, sagte Norman.

Ich habe sogar schon erwogen, mich liften zu lassen.

Ich, die für den National Book Award nominiert war, bin jetzt eine der im mittleren Alter in die Breite gegangenen Frauen, die ich immer so verachtet habe. Und außerdem hab ich mich mit einem Studenten eingelassen. Es geht schon vier herrliche Monate, aber am Ende lauert wohl die Mülltonne. Ich kann bloß von Glück sagen, dass er sexuell so unerfahren ist. Er findet mich toll. *Du* warst toll, Norman. Warum war ich so beschränkt?

6.

Sie befinden sich nun an einem der sichersten Orte in New York City, sagte die Frau vom Wachdienst. Die Welt könnte untergehen, und Sie würden nichts davon merken.

Sie schloss die Tür auf, schaltete das Licht ein und klappte das Sofa zum Bett um.

Madame Koroboshka, sagte sie, kommt, sobald sie kann.

7.

Die Jahre sind spurlos an dir vorübergegangen, sagte Norman.

Dein Gedächtnis und meine Frisur, sagte Tanya.

Aber du hast kein Gramm zugenommen.

Kein Gramm zuzunehmen ist eine meiner Hauptbeschäftigungen.

Sie sah auf ihre Uhr.

Wegen dieser egozentrischen und undisziplinierten Tänzer, sagte sie, haben wir nur achtundvierzig Minuten, Norman.

8.

Es ist deine Schuld, sagte Leah, dass ich dann doch einen reichen Ostküstler geheiratet hab, der alles hat, was man sich denken kann, bloß kein Hirn.

Aber du hast es damals beendet, sagte Norman. Du hast einen Glückskeks aufgebrochen und gesagt, das ist die Stimme Gottes.

Von einem Glückskeks weiß *ich* nichts, sagte Leah. Wen hast du noch angerufen?

Angie Michaels und Tanya Koroboshka, sagte Norman.

Und als sie abgelehnt haben, sagte Leah, dachtest du dir, kratz ich halt die Reste zusammen.

Das haben sie nicht, sagte Norman.

Dass du immer bei der Wahrheit bleibst, sagte Leah, war eine deiner ärgerlichsten Eigenschaften.

Hüte dich vor allen Unternehmungen, die neue Kleider verlangen, sagte Norman.

Was zum Teufel soll das heißen?, sagte Leah.

Dein Glückskeks, sagte Norman. Das ist ein Zitat aus *Walden*, du hast aber gesagt, es sei die Stimme Gottes.

Die *Zeit*, sagte Leah, das ist die Stimme Gottes. Und was die sagt, weißt du, oder? Herrgott, Norman, wie ist es möglich, dass ich schon sechzig bin?

9.

Ich bedaure, Sir, sagte der Oberkellner.

Sagt denn nie mal jemand eine Reservierung ab?, sagte Norman.

Im Palm Court?, sagte der Oberkellner.

Der Herr kann sich sehr gern mit zu mir an den Tisch setzen, sagte der Mann hinter Norman. In Europa setzt man sich ständig dazu.

Er zeigte auf seinen Namen auf der Liste, und der Oberkellner konnte das Schmunzeln kaum unterdrücken.

10.

Ich *liebe* Überfluss, sagte Calvin Rhodes. So ein Buffet gäbe es nicht einmal bei einer Hochzeit in den besten Kreisen. Und bei der Hochzeit träfe man die vielen unausstehlichen Verwandten, denen man seit Jahren aus dem Weg geht.

Er häufte sich Räucheraal auf den Teller und spießte einen Hummerschwanz und vier große Garnelen auf.

Aha, sagte er, der obligatorische Kaviar. Es gab einmal eine Zeit, da aßen nur Arme Fischeier, aber seit Kaviar ein Synonym für Luxus geworden ist, muss jeder ihn haben. Menschen sind manchmal richtige Schafe.

11.

Kann ich den Herren etwas zu trinken bringen?, sagte die Kellnerin.

Norm?, sagte Calvin Rhodes.

Ein San Pellegrino bitte.

Mineralwasser?, sagte Calvin Rhodes. Das ist nicht Ihr Ernst. Nehmen Sie wenigstens eine Bloody Mary.

Dann würde ich auf der Stelle einschlafen.

Das würden wir aber nicht wollen, was?, sagte Calvin Rhodes. Ich werde mir allerdings eine Bloody Mary genehmigen, und richten Sie dem Barmixer doch bitte aus, er soll am Tabasco nicht sparen.

Die Kellnerin lächelte und eilte davon.

Hübsches Kind, sagte Calvin Rhodes. Als ich elf war, gab es auch ein hübsches Mädchen, das ich um alles in der Welt heiraten wollte. Aber sie hat mir das Herz gebrochen und ist mit einem Golden Retriever durchgebrannt. Gibt es eine *femme fatale* in Ihrem Leben, Norm?

Es gibt jemanden, sagte Norman, aber ich bin mir nicht darüber im Klaren, was ich für sie empfinde. Selbsterkenntnis war nie meine große Stärke.

Ohne ein Mindestmaß an Selbsterkenntnis kann man so etwas aber nicht sagen, sagte Calvin Rhodes.

Ich hab gerade drei alte Freundinnen besucht, sagte Norman, und weiß im Grunde nicht, warum.

Ist ein Funke übergesprungen?

Falls Sie nach Sex fragen, sagte Norman, lautet die Antwort ja.

Mit allen dreien?, sagte Calvin Rhodes.

Ich bin sehr lange mit keiner Frau mehr zusammen gewesen, sagte Norman.

Trotzdem, sagte Calvin Rhodes. Drei ist nicht gerade wenig. Ich beneide Sie. Der Mann, mit dem ich ein Verhältnis habe, lebt in London, und wenn wir telefonieren, ist jedesmal dritter Weltkrieg. Wir können von Glück sagen, dass ein Ozean zwischen uns liegt. Aber zurück zu der bewussten Dame. Wann sehen Sie sie wieder?

Auf der Rückfahrt, sagte Norman. Wir unterrichten am selben College.

Oh, das ist sehr gefährlich, sagte Calvin Rhodes. Der Rat, den andere einem in so einer Situation geben, ist überaus plump, hat aber etwas für sich. Wahre Liebe wiederum ist ein Ideal, das wir nicht über Bord zu werfen wagen. Es ist wunderbar hier, Norm, aber ohne einen Adam ist es eigentlich nicht das Paradies, oder?

12.

Ich hätte wissen müssen, dass die Ehe mit Richard eine Katastrophe wird, sagte Vashti Jackson, aber meine Mutter war strikt dagegen, und da musste ich ihn doch heiraten, oder?

Sie lachte.

Richard hatte zu allem eine felsenfeste Meinung. Zum Beispiel glaubte er, ungeniert furzen zu dürfen. Rousseau war sein Lieblingsphilosoph. »Der Mensch ist frei geboren und liegt überall in Ketten.« Wenn er seine Fürze unterdrücken musste, fühlte er sich von der Gesellschaft an die Kette gelegt. Tägliches Duschen empfand er auch als Einschränkung seiner persönlichen Freiheit. Diskutieren war zwecklos, bei ihm redete man wie gegen eine Wand. Weiß der Himmel, wie wir es überhaupt so lange miteinander ausgehalten haben. Über unsere Scheidung frohlockt meine Mutter bis heute.

Dieses Wochenende war aber Shirley dran. Meine Mutter hat eine sehr geringe Toleranz für Menschen, die ihr widersprechen, und Shirley fängt damit meistens schon an, kaum dass sie zur Tür herein ist.

Was sich zwischen uns abspielte, konnte sich meine Mutter sowieso nicht vorstellen. Am Anfang war es das pure Vergnügen am eigenen Geschlecht. Aber dann begann Shirley zu klammern. Und zuletzt war es nur noch Psychodrama: Weinen, Schreien, Wutausbrüche und körperliche Übergriffe. Einmal hat sie mich sogar in den Bauch geboxt.

Das ist der Grund, weswegen manche zur Masturbation konvertieren.

Als ich ihr sagte, dass ich das nicht mehr will, verlegte sie sich darauf, mir fünfzig Faxe am Tag zu schicken, zum Teil ganz schön gruselige, und ich zog vorübergehend zu einem Ex-Freund, der keine Fragen stellte und den Gratis-Sex gern mitnahm.

Als ich schließlich in meine Wohnung zurückging, war die ganze Tür mit Hundekot beschmiert. Da hab ich mir geschworen, mich nie mehr mit Spinnern einzulassen. Sie sind kein Spinner, Norman, oder?

Sie lachte.

Wahrscheinlich halten Sie aber mich für eine Spinnerin. Es ist nur so, dass ich jahrelang für dieses Gespräch angespart hab.

13.

Als Vashti Jackson die Stelle als Hochschulassistentin bekam, gab es Gegrummel in der Mensa des Fachbereichs. Zwei zum Preis von einer, sagte jemand. Sie bekommen eine Frau *und* eine »Afroamerikanerin«. Es stimmte, dass Frauen und »Afroamerikaner«, wie die Menschen nun bezeichnet werden sollten, die in Normans Jugend »Neger« hießen, auf dem Campus unterrepräsentiert waren, und es stimmte ebenfalls, dass Vashti Jackson gerade mal sechsundzwanzig war und erst zwei Artikel veröffentlicht hatte. Zwei Jahre später aber gewann *Die Sünden der Väter – das Problem der Sklaverei bei der verfassungsgebenden Versammlung* den Turner-Preis der Amerikanischen Historischen Gesellschaft, und fünf Jahre später gewann *Schwarz und Weiß vereint – Rasse, Sex und die Bürgerrechtsbewegung* den Pulitzerpreis für Geschichte. Mit dreiunddreißig wurde Vashti Jackson zur Professorin ernannt, und nun gab es kein Gegrummel mehr.

Es gab jedoch Gerüchte. Ihr Ehemann, hieß es, sei ein weißer Radikaler und stehe ganz oben auf der Fahndungsliste des FBI. Sie, wurde behauptet, sei in Wirklichkeit lesbisch. Jemand wollte etwas von einem reichen Liebhaber wissen, den sie in New York hatte, jemand anders wiederum von einer Stiftungsprofessur, die Harvard ihr angeboten hatte.

Sie und Norman hatten sich auf einer Party bei Dr. Browning kennengelernt, nur wenige Tage nachdem zwei Männer ein Regierungsgebäude in Oklahoma City in die Luft gesprengt hatten, ein Anschlag, bei dem einhundertachtundsechzig Menschen ums Leben kamen. Vashti und Cogan hatten sich darüber unterhalten, und Norman hatte ihnen zugehört.

Terrorismus, sagte Cogan, ist eine schlichte Lebenstatsache, wie jeder Ire weiß. Davor kann sich eine moderne Gesellschaft eigentlich nicht schützen. Wir sollten froh und dankbar sein, dass diese Leute nicht öfters Bomben hochgehen lassen. In diesem unserem schönen Lande leben circa zweihundertfünfzig Millionen Menschen, die illegalen Einwanderer nicht mitgerechnet. Wenn nur null Komma eins Prozent in ihrem Zorn zum Töten bereit wären, hätten wir zweihundertfünfzigtausend potentielle Terroristen. Und wenn dieser McVeigh und sein Kumpan schon so viel Schaden anrichten konnten, kann man sich vorstellen, was zehn oder zwanzig Leute mit Verstand zuwege brächten.

Und wenn Sie Präsident wären?, sagte Vashti Jackson.

Da ich in dem souveränen Staat Éire geboren wurde, sagte Cogan, kann ich aufgrund eines diskriminierenden und anachronistischen Artikels unserer glorreichen Verfassung nicht Präsident werden, wie Sie nur zu gut wissen.

Ich meinte hypothetisch.

Hypothetisch ist nicht, sagte Cogan. Presseberichten zufolge haben diese beiden die Regierung gehasst. Nichts von dem, was ich tun könnte, würde Regierungshasser dazu bewegen, die Regierung weniger zu hassen. Ich würde mich daher weiter bemühen, als Präsident so umsichtig und wohlwollend zu sein wie möglich. Männer, oder, was das betrifft, Frauen, die Mord im Herzen tragen, lassen sich den nicht ausreden. Mehr als die üblichen Vorsichtsmaßnahmen treffen und das Beste hoffen können wir nicht. Und wenn *Sie* Präsidentin wären, meine liebe Frau Professor Jackson? Ach, das war ein Lapsus. Können Sie, wie Sie nur zu gut wissen, ja auch nicht, zumindest vorläufig. Ich wollte keineswegs andeuten, dass Sie bereits das gesetzte Alter von fünfunddreißig erreicht haben.

Einunddreißig, sagte Vashti Jackson, zu mehr habe ich es noch nicht gebracht. Aber wenn ich Präsidentin *wäre*, würde ich es mir zur Aufgabe machen, dafür zu sorgen, dass normale Bürger keine Waffen in die Hände bekommen. Die Waffen machen das Töten zu leicht. Wenn in den letzten fünfundzwanzig Jahren eine halbe Million Amerikaner von anderen Amerikanern ermordet wurden, sind wir selber die bei weitem besten Terroristen.

Vielleicht sollten wir Norman Goldstein zum Präsidenten machen. Er ist gebürtiger Amerikaner *und* über fünfunddreißig.

Der Präsident, sagte Cogan, muss aber öfter mal eine Rede halten.

Wenn man dem studentischen Buschfunk glauben will, ist dieser Mann als Lehrer sehr beliebt. *Irgendwann* muss er also sprechen.

Ich, sagte Norman, höre für gewöhnlich lieber zu.

Und ich, sagte Cogan, hole mir noch ein Bier. Das beseitigt das Problem des störenden Dritten, und Norm traut sich vielleicht, den Mund aufzumachen.

Ich bin jetzt seit fünf Jahren an diesem College, sagte Vashti Jackson, als Cogan weg war, und Sie und ich haben noch keine fünf Worte gewechselt.

Ich fand die *Sünden der Väter* sehr gut, sagte Norman.

Ging mir mit *Staatliche Fürsorge* genauso. Na bitte. Ihnen ist schon klar, dass Sie für einen Collegeprofessor außerordentlich schweigsam sind, oder?

Ich bin bei redseligen Eltern aufgewachsen, sagte Norman.

Im Allgemeinen, sagte Vashti Jackson, sollte man mit fünfundzwanzig aufhören, den Eltern die Schuld zu geben.

Ich habe ihnen nicht die Schuld gegeben, sagte Norman, ich wollte nur erklären, warum ich es gewohnt bin, zuzuhören.

Nie verheiratet gewesen? Geschieden?

Geschieden.

Danke, Gott, für die Scheidung, sagte Vashti Jackson. Ich könnte Ihnen Geschichten erzählen.

Sie lachte.

Sie sehen bekümmert aus, Professor Goldstein, sagte sie.

Norman schüttelte den Kopf.

Entschuldigung. Widmen wir uns wieder dem Terrorismus.

In den folgenden Jahren ging Norman immer seltener auf Partys. Er und Vashti wechselten nach Fachbereichssitzungen ein paar Worte, und als *Schwarz und Weiß vereint* den Pulitzerpreis bekam, legte er einen Brief in ihr Fach im Fachbereich Geschichte, in dem er ihr gratulierte und das Buch lobte. Ein längeres Gespräch ergab sich aber nie, und so blieb es bis zu dem Tag, an dem Vashti Jackson mit dem Zug nach New York fuhr, um ihre Mutter zu besuchen, und Norman denselben Zug bestieg, weil Savannahs Mutter auf ihrem Sterbebett den Wunsch geäußert hatte, er möge »mit Jesus ins Reine kommen«.

14.

Das ist eindeutig eine Bürgerrechtsfrage, sagte Cogan, und die wollen sie ins Moralische ziehen.

Er saß auf dem Stuhl neben Normans Schreibtisch.

Ich weiß, dass Sie keine Studentinnen vögeln, und das habe ich Ihnen auch nie vorgehalten. Ich weiß aber auch, dass Sie ein Mann mit Grundsätzen sind. Bis voriges Jahr konnte ein Erwachsener in diesem Neo-Neandertal Texas für das verfolgt werden, was er und ein anderer Erwachsener einvernehmlich in ihrer privaten Wohnung taten. Die Freiheit ist unteilbar. Wir dürfen nicht zulassen, dass dieses Kamel die Nase in unser Zelt steckt, denn sonst ist es gleich bis zum Höcker drin.

Daher plane ich einen Gegenschlag. Sollten *Gruppenführer* Moffat und die mit ihr marschierenden *Sturmtruppen* den Sieg davontragen, wird ein Mitglied des Lehrkörpers absichtlich eine sexuelle Beziehung mit einer Erwachsenen aus der Studentenschaft eingehen. Und wenn besagtem Mitglied des Lehrkörpers die Stelle gekündigt wird, wird er anschließend das College wegen Verletzung seiner verfassungsmäßig garantierten Rechte verklagen.

Leider lautet die erste Frage in diesem Land stets, wie viel Gerechtigkeit man sich leisten kann. Ich würde gern wissen, ob wir mit finanzieller Unterstützung von Ihnen rechnen können.

Wer ist dieses Wir?, sagte Norman.

Vorläufig Sie und ich.

Was ist mit den Gesetzen, die es Anwälten und Psychiatern untersagen, Beziehungen zu ihren Klienten und Patienten einzugehen?, sagte Norman.

Die verstoßen *genauso* gegen die Verfassung, sagte Cogan. Einvernehmlicher Sex zwischen Erwachsenen geht den Staat schlicht nichts an.

Es gibt aber keine allgemeine Übereinkunft darüber, was »Einvernehmen« ist, sagte Norman.

Sobald man die Existenz des freien Willens leugnet, sagte Cogan, ist niemand mehr für irgendetwas verantwortlich. Wenn Professoren ihre Studentinnen vögeln, ist das ihre Entscheidung, und wenn Studentinnen Professoren vögeln, ist es ihre. Das geschieht ohne Zwang. Sie haben noch nie eine Studentin gevögelt, oder?

Norman schüttelte den Kopf.

Na also, sagte Cogan. Was für einen Beweis brauchen Sie noch? *Quod erat demonstrandum.*

Cogan war gerade erst ein paar Minuten weg, da klopfte es an Normans Tür.

Herein, sagte er.

Die Tür wurde langsam geöffnet.

Ich hoffe, ich störe Sie nicht, sagte Marin Apple.

Keineswegs.

Das College hatte die Lehrkräfte in einer Mitteilung angewiesen, ihre Türen während der Sprechstunde für Studenten stets offen zu lassen, aber die Studenten machten sie immer hinter sich zu.

Marin Apple schloss die Tür und setzte sich auf den Stuhl neben Normans Schreibtisch. Sie hielt sich an einer Aktenmappe fest.

Ist alles in Ordnung mit Ihnen?

Marin Apple stand auf und ging schnell hinaus.

15.

Als Marin Apple nicht mehr zum Unterricht erschien, beschloss Norman, ihr zu schreiben.

Liebe Ms. Apple, schrieb er,

Da Sie mich nicht um Rat gebeten haben, will ich

Ihnen auch keinen geben. Manchmal jedoch hilft es, mit anderen zu sprechen.

Im Gesundheitsdienst gibt es ärztliche Berater. Ich möchte mich nicht einmischen, aber Ihnen doch sagen, dass Hilfe verfügbar ist.

Mit freundlichen Grüßen,

Professor Norman A. Goldstein

16.

Marin Apple antwortete nicht. Blieb dem Unterricht weiter fern. Als er den *Ulysses* zum ersten Mal las, hatte eine Passage Norman besonders berührt, ohne dass er verstand, warum.

Hässlich und aussichtslos: magerer Hals und wirres Haar, und ein Tintenfleck, ein Schneckenbett. Und doch hatte ihn eine geliebt, hatte ihn auf ihren Armen getragen und in ihrem Herzen. Wäre sie nicht gewesen, die rasende Welt hätte ihn längst zertrampelt unter ihren Füßen, ein zerquetschtes knochenloses Schnecklein.

Er machte sich eine Tasse Tee, trank sie aber nicht. Verließ statt dessen das Haus und ging langsam zur Tavern.

17.

Die Tavern, sagte Cogan, ist für gewöhnlich nicht Ihr Fall.

Für gewöhnlich, sagte Norman, kann ich Alleinsein besser.

Alleinsein kann ich schon lange nicht mehr gut, sagte Cogan. Alleinsein soll ja sehr gut gegen Einsamkeit helfen, aber bei mir hat das nie gewirkt. Vielleicht liegt es am Aufwachsen unter vielen. Damals gehorchten die

Katholiken ihrem Papst noch. Niemand wäre darauf gekommen, *seid fruchtbar und mehret euch* anzuzweifeln. Bei uns zu Hause konnte man nur auf dem Klo mal für sich sein. Und auch das nicht lange. Der Begriff Privatsphäre war in meiner Familie unbekannt. Als ich das erste Mal eine eigene Wohnung hatte, hab ich mich wie ein König gefühlt. Und nach zwei Wochen schon einsam.

Schau dir das an, Melanie, sagte Professor Moffat. Verdorbenheit & Co. in trauter Runde.

Verbitterte Frauen mittleren Alters von Steuerbord rechts, sagte Cogan. Feuer frei.

Solche wie Sie kennen wir schon von der Junior Highschool, sagte Professor Moffat.

Solche wie Sie kennen wir von da aber nicht, sagte Cogan. Wollen Sie sich zu uns setzen und in dem Ton weitermachen?

Sie laden uns zu sich an den Tisch ein?, sagte Professor Moffat.

Wir sind doch wohl alle Anhänger von Give Peace a Chance, sagte Cogan.

Was könnten Sie und ich einander denn zu sagen haben?, sagte Professor Moffat.

Dann tun Sie uns den Gefallen halt nicht, sagte Cogan. Wenn Sie meine großzügige Einladung annehmen, können wir alle was trinken und uns zivilisiert unterhalten. Wenn Sie Ihre Feindseligkeit anderswohin tragen wollen, bitte, das ist ein freies Land, zumindest vorläufig noch.

Melanie setzte sich neben Cogan.

Es gibt schon genug miese Stimmung auf der Welt, sagte sie. Wir sollten dem Frieden eine Chance geben.

Professor Moffat setzte sich kopfschüttelnd neben Norman.

Früher oder später, sagte Cogan, werden sogar die

Palästinenser und die Israelis Frieden schließen müssen, warum also nicht früher?

Wissen Sie, weshalb Männer über Politik reden?, sagte Professor Moffat. Weil das ein Thema ist, wo sie zwar reden, aber partout nichts tun können.

Schön, wäre das ja geklärt, sagte Cogan.

Entschuldigung, Professor, sagte die Kellnerin, aber *le grand fromage* findet, weniger Kellnerinnen bedeutet mehr Gewinn.

Wendy Weinstein, sagte Cogan.

Ich fühle mich geschmeichelt, sagte Wendy Weinstein.

Du warst die beste Studentin in dem Kurs.

Sie waren ein sehr anregender Lehrer, sagte Wendy Weinstein.

Mr. Aalglatt, sagte Professor Moffat, als Wendy Weinstein gegangen war.

Gegen ungerechtfertigte Vorwürfe verteidige ich mich nicht, sagte Cogan. Viel lieber würde ich über die zunehmenden Gefahren diskutieren, die unserer Freiheit durch Puritaner drohen. Zum Beispiel unsere Alkoholgesetze. Wir behandeln Achtzehnjährige, als wären es Kinder.

Noch mehr betrunkene Autofahrer können wir auf unseren Straßen nicht brauchen, sagte Professor Moffat.

Ganz Ihrer Meinung, sagte Cogan. Und die Todesstrafe für Alkohol am Steuer wäre vielleicht eine wirksame Abschreckung. Unsere derzeitigen Gesetze sind jedoch reine Diskriminierung. Weil einige Achtzehnjährige verantwortungslos trinken, bestrafen wir alle.

Achtzehnjährige am Steuer sind die gefährlichsten Autofahrer, sagte Professor Moffat. Eine strikte Null-Promille-Regel für Achtzehnjährige ist nur vernünftige Sozialpolitik.

Gibt es, sagte Cogan, eigentlich auch Studien über die Häufigkeit von Unfällen bei Frauen in der Menopause?

Die Studentinnen in meinem Kurs »Männliches Denken«, sagte Professor Moffat, wären von Ihnen begeistert. Sie könnten ihnen tiefe Einsichten über männliche Unsicherheit und Arroganz vermitteln. Und bräuchten sich dafür nicht einmal extra vorzubereiten. Denn das tun Sie ja schon Ihr Leben lang.

Wendy Weinstein servierte ihnen die Getränke.

Wendy, sagte Cogan, wärst du für einen Verfassungszusatz, der die Altersbeschränkung bei Alkohol auf achtzehn senkt?

Sofort, sagte Wendy Weinstein, wenn ich einen Moment Zeit hätte.

Sie lächelte und hastete davon.

Erzählen Sie mal, Cogan, wie war Ihre Kindheit?, sagte Professor Moffat. Vielleicht wurden Sie ja nicht genug umarmt.

Die traurige Wahrheit ist, sagte Cogan, gar nicht.

Sie nutzen diese Mädchen aus, sagte Professor Moffat, und wissen das auch genau. Die steigen mit Ihnen ins Bett, weil sie bessere Noten und Empfehlungsschreiben haben wollen und weil sie genauso erbärmlich sind wie Sie.

Erstens, sagte Cogan, legen Sie für gewöhnlich Wert darauf, sie als »Frauen« zu bezeichnen, und zweitens steigen sie nur aus einem Grund mit mir ins Bett: um Spaß zu haben. Steigt mit Ihnen jemand ins Bett, Doris?

Sie verdammtes irisches Stück Scheiße, sagte Professor Moffat.

Wenn Sie ein Mann wären, sagte Cogan, müsste ich Ihnen jetzt eine reinhauen.

18.

Sie brauchen mir nicht zu sagen, dass ich unvernünftig bin, sagte Cogan. Wenn ich nicht unvernünftig wäre, hätte ich überhaupt keine Chance. Diese Frau ist *unglaublich* schön *und* äußerst intelligent. Was soll's, wenn ich dreimal so alt bin wie sie? Denken Sie an Charlie Chaplin und Oona O'Neill. Der war auch dreimal so alt wie sie. Heißt es nicht: »Lass mich von keinen Hindernissen hören, die treuer Seelen Ehebund bedräun«?

19.

Auf das Deckblatt hatte Marin Apple geschrieben: *Das ist die einzige Kopie. Vernichten Sie sie nach dem Lesen.*

Ihre Geschichte hieß »*Vor Liebe vergehen*«. Norman schlug schnell zur letzten Seite um.

Ich hätte nie gedacht, dass der Tod so angenehm ist, dachte ich, während ich immer tiefer im Fluss versank. Das hätte ich schon viel früher tun sollen.

Meine Güte, sagte Norman.

Er fing am Anfang an.

Seit ich zugegeben habe, noch Jungfrau zu sein, haben sich die Mädchen im Umkleideraum bei jeder Gelegenheit über mich lustig gemacht.

Professor Hogan ist genau der Richtige für sie, sagte Mary Ellen Sanders.

Da, sagte Audrey Kent, täuschst du dich gewaltig. Unsere kleine Philomela sucht die wahre Liebe. Und dafür kommt nur Professor Silverstein in Frage.

Ich kniff mir so fest in die Brustwarzen, bis ich den Schmerz nicht mehr aushielt, streichelte dann meinen Körper langsam und liebevoll und berührte mich schließlich dort, wo noch kein anderer mich je berührt hatte.

Sprach dabei seinen Namen vor mich hin. Professor Silverstein, Professor Silverstein, Professor Silverstein, großer Gott, Professor Silverstein.

20.

Norman rief beim Gesundheitsdienst an.

Hier spricht Professor Goldstein, sagte er. Ich muss mit dem Psychiater sprechen.

Es tut mir leid, sagte die Sprechstundenhilfe, aber Dr. Kantor befindet sich auf einer Konferenz in New Orleans.

Es handelt sich um einen Notfall.

Ms. Dobkowsky wäre noch da, sagte die Sprechstundenhilfe, behandelt aber gerade eine Studentin.

Würden Sie sie bitten, mich anzurufen, sobald sie abkömmlich ist?, sagte Norman.

Ich richte ihr natürlich aus, dass Sie angerufen haben, Professor, sagte die Sprechstundenhilfe, aber Ms. Dobkowskys Terminkalender ist randvoll.

Sagen Sie ihr, sagte Norman, es könnte um Leben und Tod gehen.

21.

Man hat mir gerade mitgeteilt, sagte Ms. Dobkowsky, dass eine Studentin damit droht, sich das Leben zu nehmen.

So habe ich es zwar nicht gesagt, sagte Norman, aber es könnte trotzdem dringend sein. Die Betreffende hat etwas geschrieben, und ich hätte gern, dass Sie es lesen.

Wenn Sie es mir schicken, sagte Ms. Dobkowsky, kümmere ich mich darum, sobald ich kann.

Ich wäre Ihnen dankbar, wenn Sie es sofort lesen würden, sagte Norman.

Das ist unmöglich, sagte Ms. Dobkowsky. Ich habe den ganzen restlichen Tag Termine, und anschließend muss ich Berichte schreiben, die schon seit Wochen überfällig sind. Wie heißt die Studentin?

Marin Apple.

Um vier Uhr, sagte Ms. Dobkowsky, kann ich Ihnen genau eine Viertelstunde geben.

22.

Ich bin Professor Goldstein, sagte Norman. Ich habe um vier einen Termin bei Ms. Dobkowsky.

Da muss ein Irrtum vorliegen, sagte die Sprechstundenhilfe. Um vier hat Ms. Dobkowsky ihre Kaffeepause.

23.

Entschuldigung, sagte Norman. Ich suche Selma Dobkowsky.

Das ist die Mitarbeitermensa, sagte eine Frau, die in einem Sessel saß.

Ich habe einen Termin.

Das mag sein, sagte die Frau, und trotzdem ist das hier die Mitarbeitermensa. Termine finden in den Sprechzimmern statt.

Wir sind in ihrer Kaffeepause verabredet, sagte Norman. Es handelt sich um einen Notfall.

Mister, sagte die Frau, hier ist alles ein Notfall.

24.

Entschuldigen Sie, dass ich Sie habe warten lassen, sagte Ms. Dobkowsky. Sie würden nicht glauben, was für Probleme diese Kinder manches Mal haben.

Vor einem Jahr wurde Marin ins Krankenhaus eingewiesen, nachdem sie eine Überdosis Schlaftabletten genommen hatte, aus Versehen, wie sie es darstellte. Anschließend bekam sie eine sechsmonatige Therapie bei

Dr. Kantor, die Marin aber vorzeitig abgebrochen hat. Darf ich mal sehen, was sie geschrieben hat?

Norman reichte ihr Marins Geschichte.

Ms. Dobkowsky las die erste Seite, dann die letzte.

Wie ernst ist es?, sagte Norman.

Auf Leben und Tod.

25.

Sie fuhren mit Selma Dobkowskys Auto zu dem in der Nähe des Campus gelegenen Gebäude, in dem Marin Apple wohnte. Norman läutete an ihrer Tür, doch es öffnete niemand. Eine alte Frau, die aus einem Fenster im Erdgeschoss lehnte, sagte: Sind Sie vom College?

Wir suchen Marin, sagte Selma Dobkowsky.

Viel Glück, sagte die alte Frau. Marin ist schon seit Tagen nicht mehr hier gewesen. Könnte sein, dass sie endlich einen Freund hat.

Was machen wir jetzt?, sagte Norman, als sie wieder in Selma Dobkowskys Auto saßen.

Ihr Vater hat sich abgesetzt, sagte sie, und das letzte Mal, als ich die Mutter erreichen konnte, war die im Drogenentzug.

Großeltern?, sagte Norman.

Selma Dobkowsky schüttelte den Kopf und schlug mit den Fäusten aufs Lenkrad.

26.

Sie konnte es nicht glauben, sagte Cogan. Sie sagte, wenn ich sie noch einmal nur anspräche, gehe sie sofort zu Dr. Browning.

Wendy Weinstein brachte einen Krug an ihren Tisch.

Du bist ein Engel, Wendy, sagte Cogan.

So würde ich das nicht sagen, sagte Wendy Weinstein.

Ich bin durstig gewesen, sagte Cogan, und du hast mir zu trinken gegeben.

In loco parentis ist wesentlich besser, sagte Cogan, als Wendy Weinstein gegangen war. Von diesen jungen Dingern schickt keins auch nur eine Weihnachtskarte.

Er schenkte sich ein Glas Bier ein.

Je mehr ich innerlich schrumpfe, sagte er, desto mehr gehe ich äußerlich auf. Es gibt Tage, an denen ich morgens im Bett liege und mir wünsche, ich wäre tot, damit ich nicht aufzustehen brauche. Ich brauche ein Ziel, eine Richtung. Vielleicht sollte ich einfach heiraten. Vielleicht würde die Ehe mich retten.

Er trank schnell sein Glas aus und schenkte es sich wieder voll.

Kelly und ich, sagte er, lebten fast zwei Jahre zusammen, und ich nahm an, wir würden für den Rest unseres Lebens zusammenbleiben. Aber dann kam heraus, dass ich mit ihrem Doktorvater nicht mithalten konnte. Von da an habe ich keiner Frau mehr vertraut. Heute fühle ich bloß den Schlag, den das meinem Stolz versetzt hat. Nicht auszudenken, was ich fühlen würde, wenn sie genau die Richtige gewesen wäre.

Er trank schnell sein Glas aus und schenkte es sich wieder voll.

Deshalb reden Männer über Politik, sagte er. Nur dass es in der Politik heute noch schlimmer zugeht. Der Vater war bloß ein Dummkopf, der Sohn aber ist durchdrungen vom Geist des *Führerprinzips*. Ich überlege ernsthaft, nach Europa zu ziehen. Sie kennen das Buch von Sinclair Lewis *Das ist bei uns nicht möglich*? Doch, ist es. Diese Leute machen aus der Bill of Rights noch Toilettenpapier.

Früher war ich einmal ein glühender Anhänger von

Antonio Gramscis »Pessimismus des Verstands, Optimismus des Willens«. Den Pessimismus des Verstands hab ich mir bewahrt, für den Optimismus des Willens reicht's aber nicht mehr. Ich bin inzwischen nicht mal mehr sicher, dass er recht hatte. Zu viel Hoffnung kann verhängnisvoll sein. Die Pessimisten, die vor den Nazis geflohen sind, saßen schließlich bei Kaffee und Kuchen in der zweiundsiebzigsten Straße West. Die Optimisten, die blieben, saßen in Buchenwald.

Sieben

1.

Hi, hier spricht Vashti. Perverse Stöhner verschwenden ihre Zeit. Alle anderen hinterlassen bitte eine Nachricht nach dem Ton.

Hier spricht Norman Goldstein, sagte Norman. Ich dachte …

Entschuldigung, sagte Vashti, ich war unter der Dusche.

Ich kann später noch mal anrufen.

Wie wär's, du kämst gleich rüber?

2.

Du hast dir für den Anruf ja viel Zeit gelassen, sagte Vashti. Hast du Angst vor mir, Norman?

Sie saßen auf Vashtis Sofa.

Ich habe Angst vor tiefen Gefühlen, sagte Norman.

Bei so einer Bemerkung, sagte Vashti, fühlt sich eine Frau gleich ganz mütterlich. Ich möchte allerdings mit dir ins Bett gehen, Norman. Du bist doch nicht zu schüchtern, mit mir ins Bett zu gehen, oder?

Sie streichelte Normans Gesicht.

Ich lasse einem höflichen Menschen wie dir im Grunde keine andere Wahl, was?, sagte sie.

Ich bin einundsechzig.

Und ich neununddreißig. Noch was, was wir wissen müssen? Es ist ja nicht wie der Abstieg von einer steilen Klippe. Wenn es schrecklich ist, ziehen wir uns wieder an und sind danach wieder Kollegen.

Sie legte die Hand auf Normans Schenkel.

Die meisten Männer, sagte sie, finden mich unwiderstehlich.

Das Telefon läutete.

Das könnte schon einer von ihnen sein, sagte Vashti. Mal sehen, wer es ist.

Sie und Norman hörten sich Vashtis Bandansage und dann eine Frau an, die Vashti einschärfte, unbedingt pünktlich zu sein, weil sie jemand Besonderen zum Essen eingeladen hatte und eine Frau, die nicht einmal pünktlich sei, bei Männern in keinem vorteilhaften Licht stehe.

Mami, sagte Vashti, hat wieder einen, den ich heiraten soll. Du siehst, wie es ist. Vielleicht bin ich nicht mehr lange auf dem Markt.

Sie lachte wieder.

Wieso lachst du nicht mit? Du und ich sind zusammen hundert Jahre alt. Das ist erwachsen genug, oder?

Ich glaube, es war deinetwegen, sagte Norman, dass ich drei ehemalige Freundinnen in New York besucht habe.

Du hast meinetwegen drei ehemalige Freundinnen besucht?

Ich habe, sagte Norman, über zehn Jahre enthaltsam gelebt.

Das ist eine schockierende Statistik, sagte Vashti. Hat sich eine gefreut, dich zu sehen?

Alle drei.

Alle *drei*?

Ich weiß nicht, was ich erwartet habe, sagte Norman, aber irgendetwas hat gefehlt.

Und das wäre?

Ich weiß es nicht, sagte Norman.

Hast du dich lange genug ausgeruht, um es nochmal zu probieren?, sagte Vashti.

Vielleicht sollte ich einfach gehen.

Mit Gehen, sagte Vashti, ist nichts gewonnen. Ich würde vorschlagen, dass wir uns was vom Chinesen bringen lassen. Ist chinesisches Essen in Ordnung?

Norman nickte.

Gut, sagte Vashti. Essen ist eins der vernünftigtsten Dinge, die man tun kann. Und wenn wir verdaut haben, machen wir *noch eins* der vernünftigsten Dinge, die man tun kann.

Sie lachte.

Ein Küsschen als Vorspeise, sagte sie, meinst du, das kriegst du hin?

3.

Ein Mann, der nicht die Decke klaut, sagte Vashti, kann nicht ganz verkehrt sein.

Sie berührte Norman, und sein Körper reagierte sofort.

Noch ein gutes Zeichen, sagte sie, aber ich geh vorher lieber mal aufs Klo und spül mir den Mund aus.

Sie stieg aus dem Bett und streckte sich.

Das *Journal of American History*, sagte sie, wollte, dass ich für einen Ausklapper posiere, aber ich fand, das wäre schlecht für mein Image.

Sie lachte.

Du sollst mir sagen, wie schön ich bin.

Das bist du, sagte Norman.

Du auch, Liebling, sagte Vashti.

4.

Um der Wahrheit die Ehre zu geben, sagte Vashti, muss ich dir sagen, dass diese Aufback-Bagels bei mir keine Ausnahme sind. Ich esse meistens in der Studentencafeteria oder lasse mir etwas bringen, und wenn ich besonders ehrgeizig bin, mache ich mir ein Sandwich. Nur damit du Bescheid weißt.

Norman blieb übers Wochenende.

Gemeinsames Probewohnen, sagte Vashti.

Das darauffolgende Wochenende verbrachten sie bei Norman. Den einen Abend machte er Spaghetti und Hackbällchen, den anderen Thunfischauflauf. Es war das erste Mal, dass er für jemanden gekocht hatte.

5.

Am Wochenende danach fuhren Norman und Vashti mit dem Zug nach Philadelphia.

Als der Mann und die Frau, die vor ihnen saßen, zu streiten begannen, sagte Vashti: Du musst auch wissen, dass ich schamlos bei anderen lausche.

Ich lass mich von dir nicht wie Dreck behandeln, sagte der Mann.

Deine ewige Unsicherheit, sagte die Frau, würden auch nur wenige Frauen ertragen.

Wenn man sich eine Stunde verspätet, sagte der Mann, ruft man an. Das gebietet schon die Höflichkeit.

Du hast nicht gerade an einer zugigen Straßenecke warten müssen, sagte die Frau. Du hättest fernsehen können. Den Keller aufräumen. Ein gottverdammtes Buch lesen. Aber nein, du *wartest* ständig auf mich.

Du triffst eine Bekannte, die du früher nicht mal leiden konntest, sagte der Mann, und anstatt zu sagen: Ich hab meinem Mann versprochen, um sechs zu Hause zu sein, gehst du mit ihr einen Kaffee trinken.

Ich hab Roslyn seit Jahren nicht mehr gesehen, sagte die Frau, und da haben wir eben eine Stunde erzählt und aufgeholt. Das ist sicher kein schweres Verbrechen oder Vergehen. Das nächste Mal rufe ich an. Wenn ich mich um eine halbe Minute verspäte, rufe ich an, ganz bestimmt. Können wir jetzt über etwas anderes sprechen?

Wenn du ein wenig Rücksicht genommen hättest, sagte der Mann, hätten wir gar nicht darüber zu sprechen brauchen.

Vielleicht sollte ich so eine Fußfessel tragen, wie die Polizei sie Leuten anlegt, die zu Hausarrest verurteilt sind, sagte die Frau. Auf die Art wüsstest du immer, wo ich bin. Tut mir leid, dass ich nicht angerufen habe. Ich dachte, ich verspäte mich nur eine *halbe* Stunde, und das war die Mühe nicht wert.

Wenn es um mich geht, sagte der Mann, ist selten etwas die Mühe wert.

Du führst dich auf wie ein beleidigtes Kind, ich kann's nicht mehr hören.

Solche Gespräche hab ich schon hundert Mal gehört, sagte Vashti, als der Mann und die Frau schwiegen. Wir lassen jemanden in unsere Festung ein und behandeln ihn dann gleich wie einen Feind. Warum ist das so, Norman?

Ich vermute, wir lassen genau die ein, sagte Norman, die uns am meisten wehtun können.

6.

Am Bahnhof 30. Straße stiegen Vashti und Norman in ein Taxi und ließen sich zu einem Hotel am Rittenhouse Square bringen.

Richard, sagte Vashti, als sie in ihrem Zimmer waren, wäre von der Frau an der Rezeption begeistert gewesen. Wenn die Leute *nicht* geguckt haben, war er sehr enttäuscht.

Sie streifte sich die Schuhe ab und legte sich aufs Bett.

Ich bin richtig geschafft von der Zugfahrt, sagte sie. Dabei hast *du* die vielen Jahre auf dem Buckel.

Norman zog seine Schuhe und sein Jackett aus und legte sich neben sie.

Dich stört das nicht, oder?, sagte sie.

Ich war mal mit einer Negerin verheiratet, sagte Norman. Damals haben die Leute viel mehr geguckt.

Du steckst voller Überraschungen! sagte Vashti.

Ich hab Savannah aus allen falschen Gründen geheiratet. Ich weiß nicht, ob ich wirklich fähig bin zu lieben.

Dann müssen wir das eben herausfinden, sagte Vashti, oder?

Sie küsste ihn.

Ganz ehrlich komme ich mir nur vor, sagte Norman, wenn ich schreibe.

Aber jetzt bist du doch ehrlich, oder?

Ich möchte es sein, sagte Norman.

Und?, sagte Vashti.

Ich merke, dass es etwas gibt, was ich dir nicht sage.

Sag es halt, sagte Vashti.

Ich weiß nicht, was es ist, sagte Norman.

7.

Nach ihrem Mittagsschlaf fuhren Vashti und Norman mit dem Taxi zur Unabhängigkeitshalle.

Es war hier, sagte Vashti, wo fünfundfünfzig weiße Männer einen »Vertrag mit dem Tod und der Hölle« schlossen, den sechzehn aber gar nicht unterschrieben. Gehen wir rein und helfen den Touristen ein bisschen auf die Sprünge.

Nachdem sie Eintrittskarten gekauft hatten, warteten Vashti und Norman mit fünfzehn, zwanzig anderen Besuchern, bis genug Teilnehmer für eine Führung beisammen waren. Ein Park-Ranger in Uniform forderte sie auf, ihm zu folgen.

Hierher zu kommen, sagte Vashti, war genau richtig, um mich in Stimmung zu bringen. Im Gegensatz zur

Volksmeinung hat Amerika wegen dieser Männer einen miserablen Start erwischt.

Hier, sagte der Park-Ranger, hat George Washington gesessen. Er hat während der Tagung nicht viel gesprochen, aber alle Delegierten wussten, dass er der erste Präsident sein würde.

Vashti hob die Hand.

Ja?, sagte der Park-Ranger.

Was meinen Sie, sagte Vashti, wie hat Washington den Besitz von vierhundert Menschen damit vereinbart, dass »alle Menschen gleich erschaffen und von ihrem Schöpfer mit bestimmten unveräußerlichen Rechten ausgestattet worden sind«?

Wenn ich Sie bitten dürfte, sich noch ein wenig zu gedulden, Ma'am, sagte der Park-Ranger. Auf das Problem der Sklaverei bei der verfassungsgebenden Versammlung komme ich später noch zu sprechen. Vorläufig nur so viel, dass die meisten Historiker es falsch finden, historische Gestalten nach den Maßstäben der Gegenwart zu beurteilen.

Tatsächlich?, sagte Vashti.

Der Park-Ranger nickte.

Was ist mit der Drei-Fünftel-Klausel?, sagte Vashti.

Das ist eine sehr wichtige Frage, Ma'am, sagte der Park-Ranger, aber hauptsächlich sollen die Besucher bei diesem Rundgang Gelegenheit haben, den Raum zu sehen, in dem die Verfassung der Vereinigten Staaten, die älteste in Kraft befindliche Verfassung der Welt, schriftlich niedergelegt wurde. Wie ich schon sagte, das Problem der Sklaverei behandeln wir noch, aber nicht jetzt.

Wie Sie feststellen können, ist oben an der Lehne von Washingtons Stuhl eine Sonne aufgemalt. Es wusste aber niemand, ob es sich um eine aufgehende oder eine untergehende Sonne handelte. Als der Konvent seine Beratungen beendet hatte, erklärte Dr. Benjamin Franklin, mit einundachtzig der älteste Delegierte, er sei nun sicher, dass es sich um die *aufgehende* Sonne handelte.

Und doch hatten diese Männer, sagte Vashti, die Einrichtung der Sklaverei gestärkt, und deshalb schlachteten vier Generationen von Amerikanern mehr Amerikaner ab, als jeder auswärtige Feind es je getan hatte oder später tun sollte.

Ich finde, sagte die Frau neben Vashti, Sie sollten diesen netten jungen Mann seine Arbeit machen lassen und ihn nicht ständig unterbrechen.

Einige Umstehende applaudierten.

Der Park-Ranger sah auf seine Armbanduhr.

Leider, sagte er, ist unsere Zeit begrenzt, weil sehr viele Menschen diese Führung besuchen wollen. Aber falls noch jemand etwas beitragen möchte, ist das sicher für alle von Interesse.

Der Mann neben der Frau, die eben gesprochen hatte, sagte: Ich finde, Sie machen Ihre Sache ganz großartig.

Abermals applaudierten einige Umstehende.

Abermals sah der Park-Ranger auf seine Armbanduhr.

Wenn Sie mir bitte folgen wollen, sagte er. Wir verlassen nun den Versammlungsraum und gehen zum Raum des Obersten Gerichts hinüber.

Die Führungsteilnehmer gingen schon mit dem Park-Ranger weiter, als ein schwarzes Ehepaar, beide grauhaarig, auf Vashti zukam.

Unterrichten Sie an einem College?, sagte die Frau.

Vashti nickte.

Das mit den drei Fünfteln habe ich nicht ganz verstanden, sagte die Frau.

Während der Debatte über den Schlüssel für die Verteilung der Sitze im Repräsentantenhaus, sagte Vashti, verlangten Delegierte aus sklavenhaltenden Staaten, ihre Sklaven müssten ebenso zählen wie alle anderen Einwohner. Delegierte aus nicht-sklavenhaltenden Staaten wandten ein, wenn Sklaven, die doch keine Rechte hatten und als Eigentum galten, zählen sollten, müssten auch ihre Kühe und Pferde zählen. Man schloss einen Kompromiss und legte fest, dass Sklaven bei der Sitzverteilung zu drei Fünfteln pro Person eingerechnet werden sollten. Das Wort »Sklaven« wurde in der Verfassung allerdings nicht verwendet. Es heißt dort immer »Bedienstete«.

Vielleicht haben sie sich geschämt, sagte die Frau.

Das sollten sie auch, sagte Vashti. Woher kommen Sie?

Jersey City, sagte die Frau. Wir sind zu Besuch bei unserem Sohn. Er studiert hier an der Kunsthochschule, er möchte Tänzer werden.

Ich würde Ihnen gern ein kleines Souvenir kaufen, sagte Vashti.

Oh, das ist nicht nötig, sagte die Frau.

Der Mann schüttelte den Kopf.

Schauen wir mal in den Museumsshop rein, sagte Vashti.

Das können wir wirklich nicht annehmen, sagte die Frau.

Dann eben eine Kleinigkeit für Ihren Sohn, sagte Vashti.

Der Museumsshop war proppenvoll.

Sie können hier draußen warten, sagte Vashti. Ich weiß schon, wo es ist.

Norman und der Mann und die Frau sahen von draußen zu, als Vashti ein Buch aus dem Regal zog und an der Kasse zahlte. Sie kam mit einer Plastiktüte wieder heraus.

Hat jemand einen Stift?, sagte sie.

8.

Eines Samstagabends schlug Vashti vor, in die Tavern zu gehen. Cogan saß allein an einem Tisch.

Ich würde ja sagen, setzt euch dazu, sagte er, aber ich stecke bis zum Hals in einer schweren Depression.

Wenn sie so schwer wäre, sagte Vashti, klänge das viel schlimmer.

Ich bin tapfer, sagte Cogan.

Wir wollten den Hamburger Special essen, den Deluxe, den die hier haben, sagte Vashti. Wollen Sie den ganzen Tisch in Beschlag nehmen?

Ich hab Sie gewarnt, sagte Cogan.

Was, sagte Vashti, als sie und Norman saßen, kann einen wie Sie bloß so deprimieren? George Wacko Bush und seine Massenvernichtungskriege? Die Erderwärmung? Dass Studentinnen Ihnen einen Korb geben?

Mit Studentinnen hab ich abgeschlossen, sagte Cogan.

Wendy kam an ihren Tisch.

Was darf ich Ihnen heute bringen, Professor Jackson? Professor Goldstein?

Hauptsache viel, sagte Vashti. Wir haben Hunger.

Dann sind Sie hier genau richtig, sagte Wendy. Die Tavern ist berühmt für ihre großen Portionen. Sie würden staunen, wie viel Essen weggeworfen wird.

Ich staune eigentlich nur noch selten. Ich nehme einen Hamburger Special Deluxe, und wenn ich schon kalorisch inkorrekt bin, dazu noch eine große Coke.

Und Sie, Professor Goldstein?, sagte Wendy.

Für mich dasselbe, bitte.

Wendy nickte.

Bei Ihnen noch alles in Ordnung, Professor Cogan?

Soweit man das unter den gegebenen Umständen erwarten kann.

Ich meinte nur, haben Sie noch einen Wunsch?, sagte Wendy.

Den Mond, die Sonne und die Sterne, sagte Cogan.

Wendy lachte.

Ich frag mal beim Koch nach.

Früher, sagte Cogan, hätte ich mich vor ihr zum Deppen gemacht.

Aber das haben Sie sich abgewöhnt, sagte Vashti.

Ich weiß bloß nicht, was ich sonst tun könnte.

Wie wär's mit wahrer Liebe?, sagte Vashti.

Hab ich versucht, sagte Cogan. Mehr als einmal sogar. Aber wahre Liebe ist offenbar nicht drin. Ich würde ja Terrorist werden, wenn mir etwas einfiele, wofür ich zu sterben bereit wäre.

Ich an Ihrer Stelle, sagte Vashti, würde daran denken, dass Wacko seine Ohren überall hat. Sie könnten Ihre fabelhaften Fähigkeiten natürlich in den Dienst der aufrechten Opposition stellen.

Sie sind doch Historikerin, sagte Cogan. Glauben Sie ernsthaft, dass es die sieben oder acht Jahre des Protests waren, die den Vietnamkrieg beendet haben? Es wird wohl eher wie in dem Witz gewesen sein, wo einer zu der Frau sagt, wenn du mich nicht heiratest, sterbe ich, und sie ihn nicht heiratet und er fünfzig Jahre später tatsächlich stirbt.

Er trank schnell sein Glas aus und schenkte es sich wieder voll.

Vielleicht, sagte er, setze ich eine Anzeige in die *New York Review of Books*. Vom Leben gezeichneter Ire mit Übergewicht, Liebesversager, zu alt für Kontaktanzeigen, sucht seine Liebe Frau vom heiligen Herzen o. ä. Studienanfängerinnen und Neokonservative zwecklos. Oder ich bringe Norman dazu, dass er mir sein Geheimnis verrät.

Das kam unverhofft, sagte Norman.

Weniger Hoffnung als ich kann man nicht haben, sagte Cogan. Aber ernsthaft, woran haben Sie gemerkt, dass Vashti die Richtige ist?

Das kann ich nicht beantworten, sagte Norman.

Bei dem Aussehen, könnte er sagen, und dem Verstand, sagte Vashti, und außerdem ist sie vergleichsweise jung, aber das würde nicht stimmen. Glauben Sie, *ich* wüsste, was es war? Manches möchte man nicht zu genau ergründen. Denken Sie an den Tausendfüßler, der gefragt wurde, woher er weiß, mit welchem Bein er zuerst loslaufen muss, und der keinen Schritt mehr tun konnte.

Wendy kam an ihren Tisch und servierte das Essen.

Das, sagte Vashti, nenne ich mal Deluxe.

Guten Appetit, sagte Wendy und hastete wieder davon.

Möchten Sie vielleicht was mitessen, Cogan, sagte Vashti, und Ihr Bier runterspülen? Ich schaff das eh nicht alles.

Sie schnitt ihren riesigen Hamburger in zwei Hälften.

Fangen Sie ruhig schon an, ich hol uns nur noch einen Teller.

Ich erlebe gerade etwas Seltsames, sagte Cogan, als Vashti gegangen war. Schadenfreude kann ich für gewöhnlich sehr gut, aber nicht das Gegenteil davon, wofür wir ja nicht einmal ein Wort haben. Aber Sie und Vashti zusammen zu sehen muntert mich wirklich auf.

Vashti kam zurück und stellte Cogan einen Teller hin.

Ich hab uns noch einen Deluxe bestellt, sagte sie. Was wir nicht schaffen, lass ich uns von Wendy einpacken. Bilde ich mir das ein, Cogan, oder blicken Sie etwas freundlicher in die Welt?

Ich glaub, Letzteres, sagte Cogan.

Acht

1.

Hoffentlich haben Sie die Blumen nicht bei Finley's gekauft, sagte Vashtis Mutter. In dem Laden drehen sie einem wirklich alles an.

Meine Mutter, sagte Vashti, hat soeben ihren eigenen Weltrekord gebrochen.

2.

Vashtis Mutter reichte Norman die Platte mit Schweinskoteletts hinüber.

Hast du dir das mit der New York University noch mal überlegt, Ti?, sagte sie.

Könnten wir *das* heute Abend mal lassen?, sagte Vashti.

Ich hab nur gefragt, sagte ihre Mutter. Kein Grund, verärgert zu sein. Meine Tochter, Professor, geht verärgert durchs Leben.

Wir sprechen jedes Mal darüber, wenn ich hier bin, sagte Vashti. Meine Mutter hat sich in den Kopf gesetzt, dass ich in New York unterrichten sollte.

Sagen Sie es ihr, Professor, sagte ihre Mutter. In New York gibt es alles. Alle wollen in New York leben. Aus der ganzen Welt kommen die Leute hierher.

Wäre es irgend möglich, dass wir das Thema wechseln?, sagte Vashti.

Du kannst nicht durchs Leben gehen, indem du das Thema wechselst, sagte ihre Mutter. Vielleicht können Sie mir bei etwas weiterhelfen, Professor. Die rücken ja nie richtig damit heraus und geben es zu, aber ich vermute, dass Paul Wolfowitz Jude ist. Hab ich recht?

Wolfowitz ist für gewöhnlich ein jüdischer Name, sagte Norman.

Wenn ich es recht verstehe, Professor, sagte Vashtis Mutter, steckt Paul Wolfowitz hinter dieser ganzen Sache im Irak. Und da Juden bekanntermaßen zusammenhalten …

Das, sagte Vashti, wäre ein ausgezeichneter Moment zum Aufhören.

Vielleicht kann mir der Professor sagen, sagte ihre Mutter, warum die Juden an dem Tag, an dem das World Trade Center zerstört wurde, alle zu Hause geblieben sind.

Kein weiteres Wort mehr, sagte Vashti.

Ich dachte, das ist das Land der Freien und die Heimat der Tapferen. Manchmal hört meine Tochter die Wahrheit nicht gern, aber ich sage immer die Wahrheit, egal, wie es ausgeht. Was halten *Sie* von Blut für Öl, Professor?

Ein sehr schlechtes Geschäft, sagte Norman.

Aber Juden machen keine schlechten Geschäfte, oder?, sagte Vashtis Mutter.

Vashti stand auf.

Ihr könnt es euch aussuchen, sagte sie. Entweder ihr hört jetzt auf, oder ihr verbringt das Wochenende ohne mich. Wenn wir unter uns sind, sage ich ja manchmal nichts, wenn du wie ein Wasserfall auf mich einredest, aber ich bin nicht bereit, Norman deinem Gezeter auszusetzen.

Ihre Mutter schnitt sich ihr Kotelett in Scheiben.

So ist sie, Professor. Man sagt den kleinsten Pieps, und sie droht damit, sich auf ihr hohes Ross zu setzen und in den Sonnenuntergang zu reiten. Setz dich, Ti. Wir können uns über alles unterhalten, was du willst.

Vashti setzte sich hin.

Meine Mutter, sagte sie, hört sich ein bisschen zu oft Radiotalkshows an.

Meine Tochter, sagte ihre Mutter, meint, weil ich keinen Doktortitel hab, kann ich nicht einmal was wissen, was sie nicht weiß.

Mit Doktortiteln hat das nichts zu tun. Nur mit gesundem Menschenverstand. Denk doch mal einen Augenblick nach. Wenn die Juden an dem Tag, an dem das World Trade Center zerstört wurde, alle zu Hause geblieben wären, hätte doch irgendjemand zwei und zwei zusammengezählt, meinst du nicht?

Ihre Mutter schüttelte den Kopf.

In diesem Land, sagte sie, darf jeder seine Meinung haben.

Ignoranz, sagte Vashti, ist keine Meinung.

Hören Sie das, Professor?, sagte ihre Mutter. Sie haben mit Ihrer Mutter bestimmt nie so geredet.

Komm doch morgen mit, wenn wir ins Metropolitan Museum of Art gehen, sagte Vashti.

Ich bleib lieber zu Hause und mach sauber, sagte ihre Mutter. Geht ihr nur, du und der Professor. Und noch etwas. Solange das mein Haus ist, erwarte ich, dass jeder meine Regeln befolgt, so altmodisch sie mancher auch finden möge.

Wenn du meinst, was ich glaube, das du meinst, sagte Vashti, kommt das nicht in Frage.

Das ist mein Haus, sagte ihre Mutter, und ich bin zufällig immer noch deine Mutter.

Und ich bin zufällig neununddreißig Jahre alt, sagte Vashti.

Das hat damit nichts zu tun, sagte ihre Mutter. Ich sag Ihnen was, Professor. Wir haben mal in einer Straße gewohnt, da haben sich alle Mädchen außer Vashti unglücklich gemacht. Wenn ich nicht aufgepasst hätte, wer weiß, wo sie heute wäre.

Ich bin aber keine vierzehn mehr. Damals hast du das Richtige getan, aber damals war damals und heute ist heute.

Gottes Gesetz, sagte ihre Mutter, ist immer dasselbe.

Ich glaub, Gott brauchen wir hier nicht.

Sie ist anständig erzogen worden, Professor, aber irgendwo ist sie einfach vom Wege abgekommen.

Ich sage doch nur, sagte Vashti, dass du nicht Gott anführen kannst, um zu beweisen, dass du recht hast.

Du kannst dich nicht über Ihn hinwegsetzen, sagte ihre Mutter.

Wenn du hundert Personen fragen würdest, sagte Vashti, was »Gott« bedeutet, würdest du hundert verschiedene Antworten bekommen. Menschen *töten* im Namen Gottes.

Wer redet denn von Töten. Wir reden nur darüber, dass man das Richtige tun soll.

Wir reden darüber, sagte Vashti, ob eine erwachsene Frau mit einem Mann schläft, mit dem sie sowieso dauernd schläft.

So etwas brauche ich mir nicht anzuhören, sagte ihre Mutter.

Was?, sagte Vashti. Was hörst du denn?

Ich möchte nicht darüber sprechen, sagte ihre Mutter.

Gut, sagte Vashti, ich nämlich auch nicht. Was gibt's zum Nachtisch?

Pekannuss-Torte und Vanilleeis.

Die Pekannuss-Torte meiner Mutter, sagte Vashti, macht ihre Verschrobenheit wieder wett.

Da hören Sie, Professor, was ich mir alles gefallen lassen muss, sagte ihre Mutter. So, ich räume jetzt den Tisch ab, und zwar allein. Das letzte Mal, als mir eine von Tis Freundinnen helfen wollte, hab ich einen meiner besten Teller eingebüßt. Ihr zwei bleibt schön sitzen.

Kaum zu glauben, sagte Vashti, als ihre Mutter gegangen war, dass ich so normal bin, wie ich bin.

Du bist viel besser als normal, sagte Norman. Mir macht es wirklich nichts aus, im Gästezimmer zu schlafen.

Mir aber, sagte Vashti, und nicht nur, weil es ums Prinzip geht.

Sie beugte sich zu Norman und küsste ihn.

Im Bett, sagte sie, ist es nämlich schön mit dir.

Ihre Mutter kam wieder ins Wohnzimmer.

Wir trinken doch alle Tee, oder?, sagte sie.

Tee ist prima, sagte Vashti.

Norman nickte.

Deine Freundin Shirley, sagte Vashtis Mutter, *musste* unbedingt Kaffee haben.

Sie musste nicht, Mami, sondern hat lediglich gesagt, dass ihr Kaffee lieber wäre.

Manche Menschen, sagte ihre Mutter, wissen einfach nicht, was gut für sie ist.

Sehr richtig, sagte Vashti.

Diese Shirley war die widerspenstigste Person, die mir je begegnet ist.

Du kannst auch ganz schön widerspenstig sein, sagte Vashti.

Ich sage nur meine Meinung, weiter nichts.

Genau wie Shirley.

Ihre Mutter schüttelte den Kopf.

Seid ihr noch befreundet?

Eigentlich nicht, sagte Vashti.

Wenigstens das, Gott sei Dank, sagte ihre Mutter und verließ das Wohnzimmer.

Tja, das ist Mami, sagte Vashti, »Juden« und alles. Seltsamerweise stellt sie nie einen Zusammenhang zwischen den Juden her, von denen sie im Radio hört, und den Juden, mit denen sie täglich zusammenarbeitet.

Und es stimmt auch, dass sie mich als Teenager gerettet hat. Die anderen Mädchen aus der Straße waren dauernd unterwegs und hatten das, was sie für Spaß hielten, und Mami hat darauf geachtet, dass ich am Küchentisch sitze und Hausaufgaben mache. Sie hat getan, was sie konnte, damit ich die Chancen nutzen kann, die sie nicht hatte, und wenn sie ihr eigenes Leben für meines hergeben müsste, würde sie noch heute keinen Moment zögern.

Ich gebe zu, dass sie manchmal ziemlich anstrengend sein kann, und wahrscheinlich will ich dir nur begreiflich machen, Norman, dass ich eben ihre Tochter bin, solange sie lebt. Das solltest du wissen, fand ich, falls du in Erwägung ziehst, mich zu heiraten.

Sie lachte.

Ihre Mutter kam mit einer Torte und einer großen Schüssel Eiscreme ins Wohnzimmer.

Meine Tochter, sagte sie, lacht ihr ganzes Leben lang. Ich sag ihr immer, dass die Welt nicht so amüsant ist, wie sie meint, aber auf mich hört sie nicht.

Vashti stand auf und küsste ihre Mutter auf die Wange.

Setz dich, sagte sie. Ich hol den Tee. Das traust du mir doch zu, oder?

Eins muss ich ja sagen, sagte ihre Mutter, als Vashti gegangen war. Sie sind der ruhigste Mensch, den Vashti *jemals* mit nach Hause gebracht hat. Bei diesem Richard, den sie weiß der Himmel warum zuletzt geheiratet hat, kam man überhaupt nicht zu Wort. Ihre Freundin Shirley war noch schlimmer. Vashti hat mir erzählt, Sie schreiben Bücher.

Norman nickte.

Ich hab nicht viel Bildung gehabt, sagte Vashtis Mutter. Es hat sich in meinem Leben nicht ergeben. Aber ich kenne die Bibel. Und ich kann Recht von Unrecht unterscheiden. Die *Zeiten* mögen sich geändert haben, aber Gottes Wort ist ein Fels ewiglich. Ich wüsste gern von Ihnen, Professor, wie ernst Sie es meinen. Vashti hört ja nicht auf mich, ganz gleich, was ich sage, aber für meinen eigenen Seelenfrieden müsste ich schon wissen, ob Sie bloß herumtändeln oder nicht. Sie und ich sind schon ein bisschen grau geworden, da können wir uns bestimmt wie Erwachsene unterhalten.

Mit Vashti meine ich es so ernst, wie ich es nur kann, sagte Norman, aber von mir selber weiß ich längst nicht alles.

Ich bin nicht sicher, ob ich Ihnen folgen kann, Professor, sagte Vashtis Mutter.

Vashti kam mit einem Tablett ins Wohnzimmer.

Der Tee ist fertig. Nimmt sie dich ins Kreuzverhör, Norman?

Ich habe ihn nur gefragt, wie ernst er es meint, sagte ihre Mutter.

Ernster als Norman kann man es nicht meinen, sagte Vashti.

Er hat mir gesagt, dass er von sich selber vieles nicht weiß, sagte ihre Mutter.

Das, Mami, ist so wahr wie das Evangelium.

3.

Es hätte wesentlich schlechter gehen können, sagte Vashti. Könnte sein, dass sie dich mag.

Norman begann Vashti langsam den Rücken zu massieren.

Das, sagte sie, ist der Grund, weshalb du nicht im Gästezimmer schläfst. Möchtest du wirklich auch ins Museum? Bei dir weiß ich so was nie genau. Mit Richard war das anders. Bei ihm wusste man immer *ganz genau*, was er wollte. Manchmal glaube ich, du willst es eigentlich *mir* recht machen.

Ich will es dir sehr gern recht machen, sagte Norman.

Du brauchst mich nicht ständig wieder zu erobern. Das weißt du, nicht?

Norman massierte Vashti weiter den Rücken.

Mm, sagte sie. Ich könnte ewig so liegen, aber langsam wird es Zeit für deine Belohnung.

Die bekomme ich schon.

4.

Da hab ich, sagte Vashti, eben erst einige der größten und schönsten Werke des menschlichen Geistes gesehen, und jetzt hab ich nur Kuchen im Kopf. Schau dir diese Schlange an! Früher dachte ich mal, wenn man für etwas Schlange stehen muss, beweist das, dass es nichts wert ist.

Mich stört es nicht, zu warten, sagte Norman. Du könntest uns einen Tisch besorgen.

Ich warte mit dir. Vielleicht kann ich mich zu Obstsalat überreden.

5.

Vashti spießte ein Stück Kiwi mit der Gabel auf.

Dein Gesicht, sagte sie, ist wie ein offenes Buch. Irgendetwas plagt dich.

Ich fühle mich dir näher, sagte Norman, als ich mich je einem anderen Menschen gefühlt habe, und trotzdem hält mich etwas zurück.

Liebe, sagte Vashti, ist ziemlich beängstigend. Du liebst mich doch, oder?

Ich wünschte, ich könnte einfach ja sagen.

Dann sag es halt.

Mit »yes«, sagte Norman, endet der *Ulysses*. Er wollte, sagte Joyce, sein Buch mit dem positivsten Wort der englischen Sprache enden lassen.

Es ist ein gutes Wort, Norman, sagte Vashti.

6.

Der Obstsalat, sagte Vashti, war köstlich. Außerdem bin ich sehr mit mir zufrieden. Im Moment kann ich mir nicht vorstellen, was noch besser werden könnte. Klar, wäre das ein Roman, würde das Unheil schon hinter der nächsten Ecke lauern. Ist das in Romanen nicht so?

Glück, das länger anhält, sagte Norman, interessant zu machen ist nicht leicht.

Apropos »Unheil«, sagte Vashti, da kommt Richard Rattenherz, eine blutjunge Afroamerikanerin am Arm, angewalzt, sein bekanntes gefräßiges Grinsen im Gesicht. Es stört dich hoffentlich nicht, wenn ich ein bisschen grob werde, oder? Zu einem miesen Mistkerl von Ex-Mann muss man nicht freundlich sein.

Richard grinste immer noch, als er an ihren Tisch kam.

Das ist die pulitzerpreisgekrönte Frau Professor Jackson, Natalie, sagte er, mit der ich einmal verheiratet war.

Ich hab mir inzwischen das Gehirn liften lassen, Kindchen, sagte Vashti, und kann dir versichern, dass dieses Elend auf zwei Beinen *nicht* der Mann ist, mit dem du durchs Leben gehen willst.

Sie war schon immer ein schlechter Verlierer, sagte Richard. Möchtest du uns deinem betagten Begleiter nicht vorstellen?

Ich weiß, an der Oberfläche hat dieser Widerling viel Charme, Kindchen, sagte Vashti, aber die Oberfläche geht bei ihm sehr tief.

Wo wir gerade davon sprechen, sagte Richard, deine Oberfläche hat sich, wie ich sehe, seit unserer glücklichen gemeinsamen Zeit erheblich vergrößert. Nicht dass sie je gertenschlank gewesen wäre, Natalie. Ich würde Ihnen raten, Sir, diese Entwicklung im Auge zu behalten. Ach, wenn doch Peter Paul Rubens noch lebte! Wie wunderbar er sie verewigen könnte!

Das, sagte Vashti, als Richard und Natalie gegangen waren, ist der Grund, weshalb Frauen keine Waffen in der Handtasche haben sollten.

7.

Vor meinem eigenen Haus, sagte Vashtis Mutter.

Wenigstens bist du nicht verletzt, sagte Vashti.

Beim nächsten Mal, sagte ihre Mutter, geht die Sache aber anders aus. Miz Jeffersons Sohn ist bei der Armee, und er wird mir helfen, es so zu regeln, wie es sich gehört.

Was denn regeln?, sagte Vashti.

Meinen Waffenschein, sagte ihre Mutter.

Du willst mit einer Waffe durch die Gegend laufen?, sagte Vashti.

Sagen Sie es ihr, Professor, sagte ihre Mutter. Wie soll sich eine Frau von meiner Größe sonst schützen?

Und du traust dir zu, eine Waffe auch wirklich zu benutzen?

Ich hab Schweine mit der Axt geschlachtet.

Ein paar Dollar sind keine Sache auf Leben und Tod, sagte Vashti.

Wenn es meine Dollar sind, doch.

Neun

1.

Wie wäre es mit Selma Dobkowsky drüben im Gesundheitsdienst?, sagte Cogan.

Rufen Sie sie an, sagte Norman.

Sie ist mir auf einer Party mal regelrecht ausgewichen, sagte Cogan. Sie könnten ihr sagen, dass ich mich gebessert habe.

Warum sagen Sie ihr das nicht selbst?

Ihnen, sagte Cogan, würde sie glauben.

2.

Norman meint ja, sagte Selma, Sie hätten sich von Grund auf verändert.

Das klingt skeptisch, sagte Cogan.

Sich zu ändern, sagte Selma, ist nicht so leicht, wie mancher glauben will.

Aber Menschen ändern sich doch wirklich.

Nur, sagte Selma, wenn sie nicht unterschätzen, wie schwer das ist.

Sie sind aber keine Republikanerin, oder?, sagte Cogan.

Was, wenn doch?, sagte Selma.

Aus beruflicher Sicht finde ich es besser, sagte Cogan, über unterschiedliche Auffassungen zu diskutieren, anstatt Menschen an die Wand zu stellen, aber dass meine Schwester einen heiratet, würde ich trotzdem nicht wollen.

Das sehe ich genauso, sagte Selma.

3.

Sie können mir bestimmt auch nicht sagen, sagte Cogan, wie lange ich abwarten soll, bevor ich den nächsten Zug mache.

Sie sind erst einmal zusammen ausgegangen, sagte Norman.

Wenn das, sagte Cogan, beim zweiten Treffen nicht passiert ist, hieß es in meiner früheren Inkarnation *sayonara*.

Für die Art Beziehung, die Ihnen vorschwebt, sagte Norman, sollten Sie vielleicht ein etwas langsameres Tempo anschlagen.

Ich hab sie noch nicht mal geküsst, sagte Cogan. Was, wenn sie das von mir erwartet?

Dann wird Sie sich überlegen müssen, wie sie Ihnen das vermittelt, sagte Norman.

Genau. Ich schalte einfach meinen alten Scharfsinn ein. Und in der Zwischenzeit treffen wir uns zu viert.

4.

Die Kinder, sagte Selma, die ich behandle, wissen manchmal gar nicht, was sie eigentlich wollen. Im Rest der Welt wollen Kinder genug zu essen oder einen Platz zum Schlafen, sie wollen die Schule besuchen können oder schlicht nicht erschossen werden. Meine Kinder haben im Grunde alles, aber es bedeutet ihnen nichts.

Der Kellner brachte ihnen ihre XXL-Pizza mit allem und hastete gleich wieder davon.

Und dann hab ich die Spielsüchtigen, sagte Selma, die den ganzen Tag am Computer sitzen und kaum noch das Zimmer verlassen. Aber die werden meistens geschickt, weil sie vom College fliegen.

Woran merken Sie, dass ein Junkie lügt?, sagte Cogan.

Am Zucken der Lippen, sagte Selma. Das könnte unterhaltsam sein, stimmt aber leider. Wenn man so besessen ist wie diese Jugendlichen, ist die Wahrheit völlig unerheblich. Computerspiele sind die einzige Welt, in der sie sich ein Leben vorstellen können. Zur Zeit meines Großvaters gab es Juden, die komplett in der Welt der Torah lebten. Die Heiligen Worte, nur darauf kam es für sie an. Und wer will es ihnen verdenken, in der Welt, in der sie leben mussten? Religion mag ja eine Droge sein, aber wenn man leidet, ist es schwer, die Droge abzulehnen.

Sie streute sich gemahlenen Cayennepfeffer auf ihr Pizzastück.

Mami, sagte Vashti, wird sagen, dass es Gott war, der ihr geholfen hat, die schweren Zeiten durchzustehen, in Wirklichkeit waren es aber die Schwestern in ihrer Kirche. Für diese Frauen hieß Religion, sich gegenseitig zu helfen. Als Kind bin ich *zu gern* in die Kirche gegangen. Eine Frau stand auf, sagte, heute bekenne ich meinen Glauben durch Gesang, und schmetterte einen phantastischen Gospel, als wäre sie Aretha Franklin. Oder eine spürte, wie der heilige Geist in sie einströmte, und begann so verzückt zu tanzen, dass ihr jemand schnell die Brille abgesetzt hat.

Das ging Mami zwar ein bisschen zu weit, aber sie hat nie ein Wort dagegen gesagt. Die damalige Pastorin hieß Sister Feemster, und sie sagte zu Beginn ihrer Predigten immer, heute morgen wollen wir es uns *gut* gehen lassen. Und ehe man sich's versah, waren die Leute von den Bänken aufgesprungen, schrien und klatschten in die Hände. Dies war, wohlgemerkt, eine Gemeinde von Putzfrauen und Krankenschwestern, Hausmeistern, Taxifahrern und Leuten, die von der Fürsorge lebten, und die gingen am Sonntagvormittag nicht in die Kirche, um dort wie brave Kinder in der Schule zu sitzen. Die Kirche *sollte* Spaß machen.

Nach dem Gottesdienst wurde gemeinsam gegessen, und es gab Brathähnchen, Kartoffelsalat, Kohlgemüse und Maisbrot, alles zubereitet von Frauen, die wochentags bei fremden Leuten in der Küche standen. Diese Frauen holten aus einem Fünfer einen Zehner heraus, so dass niemand mehr als fünfzig Cent für eine Mahlzeit bezahlen musste, die kaum zu schaffen war. Und wenn man die fünfzig Cent gerade nicht hatte, bezahlte man sie nächste Woche.

Vashti wischte sich mit dem Finger eine Träne fort und lächelte.

Das, sagte sie, war die St. Johannes im Feuer getaufte Heiligkeitskirche der USA. Amtlich eingetragen. Gegen so eine Religion ist nichts einzuwenden, oder? Seit ich zu Hause ausgezogen bin, habe ich nie wieder so gutes Brathähnchen gegessen.

Sie lachte.

Chassidische Juden, sagte Selma, glauben auch, dass man Gott voller Freude verehren soll. Bedauerlicherweise war Spaß in dem Zweig des Judentums, zu dem meine Eltern gehörten, nicht vorgesehen. Dort sollten Juden wohlerzogen und sozial eingestellt sein, das war die Hauptsache, abgesehen von Pessach und Chanukka. Leider, leider hassten sich meine Eltern aber und schafften es nicht, das zu verbergen. Ab und zu sagte meine Mutter zu mir und meinen Brüdern, sie bleibe nur unseretwegen bei unserem Vater. Da ich in dem Haushalt aufgewachsen bin, hatte der jüdische Glaube keine Chance. Ich war immer dankbar, wenn wir einen Sederabend ohne großen Krach hinter uns brachten.

Sie streute sich gemahlenen Cayennepfeffer auf ihr Pizzastück.

Was für eine Art Juden waren deine Eltern, Norman?, sagte Vashti.

Wohlerzogen und sozial eingestellt, sagte Norman, aber im Grunde nicht besonders jüdisch. Meine Mutter fand Gewerkschaften wichtiger als Synagogen, und mein

Vater war zornig auf Gott, weil er die Unschuldigen nicht beschützte. Soweit ich mich erinnere, hat es mir nie viel bedeutet, dass ich Jude bin.

So sehe ich es als Schwarze auch, sagte Vashti, obwohl die Hautfarbe in diesem Land angeblich das entscheidende Merkmal eines Menschen ist. Wenn du anderen darlegst, dass die Hautfarbe ganz nebensächlich ist, kommen sie dir prompt mit Selbsthass. Dabei bin ich sogar ganz zufrieden mit mir, trotz meiner Fehler. Ich weiß ein bisschen was über die Geschichte der Schwarzen in diesem Land, aber Geschichte wird nur zum Schicksal, wenn man sich nicht dagegen zur Wehr setzt.

Und dann der Ire, sagte Cogan, mit der Whiskyflasche in der Gesäßtasche, der die Treppe hinunterfällt und, als er unten gelandet ist, hinter sich greift und etwas Nasses spürt. Gott, sagt er, ich hoffe, das ist Blut.

Die Geschichte, sagt Freund Dedalus, ist ein Albtraum, aus dem ich zu erwachen versuche. Wir Iren haben jahrhundertelang tief ins Glas geschaut, um die Härte unseres Lebens zu mildern, und, das kommt erschwerend hinzu, die Hure Babylon hat uns ein Schuldgefühl eingeflößt, so stark, dass nicht mal die ganz davon frei werden, die ihren mitleidlosen Busen geflohen sind.

Er trank schnell sein Glas aus und schenkte es sich wieder voll.

Und wer hätte sich vorstellen können, sagte er, dass ihre Diener so teuflisch sind wie der Teufel selbst? Kein Kreis der Hölle kann so heiß sein, dass er als Strafe für die taugt, die sich an unschuldigen Kindern vergehen, und für die Kirchenfürsten, die das zulassen. Ich könnte diese Leute bis zum Ende meines Lebens weiter hassen, aber was würde das nützen? Hassen kostet viel Kraft, die besser genutzt werden kann. Apropos, schreibt ihr zwei an neuen Büchern?

Ich spiele mit dem Gedanken, sagte Vashti, eine Geschichte der Familie Jackson zu schreiben. Die Schwierigkeit ist nur, Mami befürchtet, ich könnte jemanden kränken.

Das könnte etwas hinderlich werden, sagte Cogan. Norm?

Ich bin nicht sicher, ob ich noch ein Buch in mir habe, sagte Norman.

Das wäre jammerschade, sagte Selma.

Vielleicht leidet er nicht genug, sagte Vashti. Künstler müssen doch leiden, oder?

Ich habe immer geschrieben, weil ich es tun musste, sagte Norman. Und bin nicht sicher, ob ich dieses Bedürfnis noch verspüre.

Haben *Sie* mal daran gedacht, etwas zu schreiben, Selma?, sagte Cogan.

Vor hundert Jahren mal, ja, sagte Selma, aber das wahre Leben kam mir dazwischen.

Prosa?, sagte Cogan.

Ich glaub, sagte Selma, ich wollte einen Roman über ein Mädchen schreiben, das den Sinn des Lebens entdeckt.

Ein Porträt der Künstlerin als junge Frau, sagte Cogan. Willkommen, Leben! Als Millionste ziehe ich aus, um wirkliche Erfahrungen zu machen und auf dem Amboss meiner Seele das noch ungeschaffene Gewissen meines Volkes zu schmieden.

So in etwa, sagte Selma.

Und ich würde gern, sagte Cogan, als William Butler Yeats wiedergeboren werden.

Drunten beim Weidengarten bot mir mein Lieb den Gruß;

Glitt durch den Weidengarten mit kleinem weißem Fuß,

Sie hieß mich leicht zu lieben, wie's Blatt am Baum gedieh;

Doch ich war jung und töricht und dachte nicht wie sie.
In einem Feld am Strome mit meinem Lieb ich stand,
Und auf die Schulter legte sie mir die weiße Hand.
Sie hieß mich leicht zu leben, wie's Gras am Ufer quoll;
Doch ich war jung und töricht – bin nun von Tränen voll.

Darf ich Ihnen noch eine Pizza bringen?, sagte der Kellner.

Ich krieg keinen Bissen mehr runter, sagte Selma.

Ich sollte nicht, sagte Vashti, aber wie sagte ein dritter Ire? Ich kann allem widerstehen, nur nicht der Versuchung.

Bestellen wir halt nur eine normal große, sagte Cogan. Norm?

Entscheidet ihr, Vashti und Sie.

Entschuldigung, dass Sie warten mussten, Mario, sagte Cogan, aber Ihm dient auch, wer da ausharrt unverwandt.

Ich bin sowieso den ganzen Abend hier, sagte Mario.

Ich glaub, wir nehmen jetzt nur eine normal große mit allem, sagte Cogan, und dann sehen wir weiter. Einen Krug Bier könnten wir auch noch vertragen.

Mario nickte und hastete davon.

Ich hatte, sagte Cogan, schon vergessen, wie viel Spaß so was machen kann. Mit Freunden Pizza zu essen und Bier zu trinken ist eins der schönsten Dinge, die das Leben zu bieten hat.

Sie haben recht, sagte Vashti. Ich hab immer zu Mami gesagt, wenn Gott okay wäre, würde er wollen, dass wir so viel Freude haben wie möglich, sie glaubt aber, fürs Leiden gäbe es mehr Punkte. In die Hände klatschen, laut schreien, das war nicht ihrs. Sie tut sich schwer damit, zu glauben, dass wir auf der Welt sind, um es uns gutgehen zu lassen.

Ihre Mutter, sagte Selma, klingt fast wie ich.

Sie?, sagte Cogan.

So ein Abend, sagte Selma, ist für mich *sehr* ungewöhnlich. Ich denke unweigerlich an die vielen Berichte, die ich eigentlich schreiben müsste.

Sie sind aber keine verkappte Katholikin, oder?, sagte Cogan.

Entschuldigung, sagte Selma. Erzählen Sie uns von den Jacksons, Vashti.

Mir würde ja gefallen, sagte Vashti, wenn herauskäme, dass wir alle direkte Nachkommen der Sklaven aus dem Besitz von Andrew Jackson sind, dem siebten Präsidenten der Vereinigten Staaten. Wusstet ihr, dass bis auf John Adams und seinen Sohn John Quincy Adams die ersten sieben Präsidenten alle Sklaven gehalten haben?

Mario stellte ihre Pizza auf den Tisch und hastete davon.

Ich nicht, glaub ich, sagte Selma.

Und ich glaube, wir sollten den Koch nicht beleidigen, sagte Cogan. Doch ein Stück, Selma?

5.

Sie sehen aus wie Leute, denen ihre Mitmenschen nicht gleichgültig sind, sagte die Frau, die vor dem Restaurant stand. Wie wär's, wenn Sie mir eine Pizza finanzieren? Die Spaghettis wollen mich zwar nicht reinlassen, aber im Freien essen kann an so einem Abend auch nett sein.

Wir könnten ins Geschäft kommen, sagte Vashti. Zehn Dollar für eine Pizza, wenn Sie in der Obdachlosenunterkunft für Frauen übernachten. Abgemacht? Zwischen Mülltonnen schlafen hat keine Zukunft.

Vashti zog einen Zehndollarschein aus der Handtasche.

Kriegen *Sie* auch vorgeschrieben, wo Sie schlafen sollen?, sagte die Frau.

Ich sag es nicht gern, sagte Vashti, aber mal duschen könnten Sie auch vertragen.

Ich könnte vieles vertragen, Lady, sagte die Frau. Ich bin in Versuchung, aber für lausige zehn Dollar kann ich meine Selbstachtung nicht verkaufen.

Und wenn ich auf fünfzehn erhöhe?, sagte Vashti.

Das lässt sich hören, Schwester.

Zehn

1.

Ich muss ordentlich einen hinter die Binde kippen, sagte Cogan. Deine Aufgabe ist es, Wendy, für Biernachschub zu sorgen, bis ich weggetreten bin.

Ist etwas passiert, Professor?, sagte Wendy.

Verschmäht, sagte Cogan, von der Frau, die ich liebe. Bier ist das Einzige, was wirklich hilft.

Ich will nicht naseweis sein, sagte Wendy, aber ich dachte immer, sich neu verlieben ist das Einzige, was wirklich hilft.

Bier, sagte Cogan, sagt nie nein.

Was ist das für eine Welt, sagte Cogan, als Wendy gegangen war, in der das Elend keine Grenzen hat. Alles andere hat doch auch Grenzen.

Angenommen, auf der Karte stehen Vanillecremetorte, Milchreis, Schokotorte und Apfelstrudel. Bestellt man sich alle vier, weiß man zum Schluss, was Magenschmerzen sind. Bei Unbill aber braucht man sich nicht zu entscheiden. Da kommt eins zum andern bloß dazu. Zahnweh, Hämorrhoiden, Leberzirrhose, Haarausfall und der Atomkrieg vertragen sich bestens miteinander, und dann ist immer noch Platz für eine Abfuhr. Ich brauche jemanden, der ein gutes Wort für mich einlegt, Norm. Gehen Sie zu ihr. Sagen Sie ihr, wie wunderbar ich bin. Sagen Sie ihr, ich werde mich ändern. Egal was, wenn sie mir nur eine zweite Chance gibt.

2.

Alkoholikerin werden, sagte Selma, wäre mir ein Leichtes, aber ich hab mir eingeredet, dass diese Kinder mich brauchen.

Sie schenkte sich ein Glas Wein ein und wies mit der Flasche in Normans Richtung. Er schüttelte den Kopf.

Also beschränke ich mich auf ein, zwei Gläser, und mit dem Wein geht's manchmal etwas besser. Nur wenn ich an Marin Apple denke, krampft sich mir jedes Mal das Herz zusammen. Ich hab die Mutter noch aufgetrieben, die hat keinen Schimmer. Gut möglich, Norman, dass wir es nie erfahren. Eins unserer Kinder ist verschwunden, und wir erfahren vielleicht nie, wohin.

Und was hat mich geritten, überhaupt was mit Cogan anzufangen? Wenn ich katholisch wäre, wäre ich vermutlich Nonne geworden. Zwischen mir und einer Nonne ist eh kein großer Unterschied, abgesehen davon, dass die glauben, sie kommen in den Himmel. Solchen wie mir sollten Rendezvous nicht gestattet sein. Hoffentlich hat er Sie nicht geschickt, damit Sie mich um eine zweite Chance bitten. Er hatte schon keine erste.

3.

Mami, sagte Vashti, war ein siebzehnjähriges Ding auf der Suche nach ein bisschen Liebe. Bekommen hat sie aber einen Kerl, der sie zusammengeschlagen hat, als sie ihm sagte, dass sie schwanger ist. In der langen Zeit haben viele Männer ihr den Hof gemacht, aber von denen hatte keiner mehr Chancen als der arme Cogan.

Sie verzog das Gesicht.

Was ist?, sagte Norman.

Mir tut hier die Seite weh, sagte Vashti. Ich hab es für Blähungen gehalten, aber es geht nicht weg.

Ich bin auch kein großer Fan von Ärzten, sagte Norman, aber du solltest dich vielleicht doch untersuchen lassen.

Ärzte, sagte Vashti, *finden* etwas.

Elf

1.

Wir können ein Taxi nehmen, sagte Norman.

Nach so einer langen Fahrt, sagte Vashtis Mutter, muss ich mir ein bisschen die Beine vertreten.

Es ist ungefähr eine halbe Stunde zu Fuß.

Dann mal los.

Lassen Sie mich wenigstens den Koffer tragen.

Eine Frau, sagte Vashtis Mutter, sollte nie mehr einpacken, als sie tragen kann.

Sie traten gerade aus dem Bahnhofsgebäude, da kamen ihnen Dr. Browning und Amanda Klingman entgegen, die im vorigen Semester eine von Normans Studentinnen gewesen war.

Haben Sie sich einmal gefragt, woher Vashti ihren Namen hat?, sagte ihre Mutter.

Dr. Browning nickte zum Gruß, lächelte aber nicht.

Aus dem *Buch Esther*?, sagte Norman.

Ihr geltet nicht umsonst als Schriftgelehrte, sagte Vashtis Mutter. Ich hab sie nach der Königin Vashti benannt, weil das eine Frau war, die über genügend Selbstachtung verfügte und nein sagte, als ihr Mann etwas von ihr verlangte, was sie für nicht recht hielt.

Vashtis Vater hatte vieles mit König Ahasver gemeinsam, abgesehen vom Reichtum, weswegen Vashti und ich, als er mich sitzenließ, bei der Fürsorge landeten. Das war an sich schlimm genug, aber unsere Sachbearbeiterin war eine Farbige und hat mich wie Dreck behandelt. Ich hab es hingenommen, solange ich konnte, und dann habe ich eine Frau gefunden, die ein Dach über dem Kopf brauchte, und hab sie mietfrei auf unserem Sofa schlafen lassen, damit ich im Mount Sinai in der Nachtschicht anfangen konnte. Ich hab zweiundvierzigeinhalb Stunden die Woche gearbeitet und Bettpfannen geleert, Betten frisch bezogen und blutige Verbände entsorgt, und wir waren noch ärmer als zuvor.

Die Gewerkschaft war unsere Rettung. Erst wurde ich in den Betriebsrat gewählt, und später hat mich die Gewerkschaft als Organisatorin eingestellt. Und eines Tages hat mich der Chef der Gewerkschaft, ein Jude übrigens, zu seiner persönlichen Assistentin ernannt.

Von da an lebten wir in mehr oder weniger guten Verhältnissen. Vielleicht wissen Sie das nicht, aber Vashti war die Erste aus unserer Familie, die eine Highschool besucht hat. Und dann kamen das College, der Dr. phil. und ein sehr guter Job, obwohl sie an der New York University besser dran wäre. Sie hatte zwar ein paar komische Freunde, aber die einzige richtige Dummheit, die sie je begangen hat, war die Ehe mit Richard. Das werd ich *nie* begreifen. Aber wir haben Richard überstanden, und mit Gottes Hilfe werden wir auch das überstehen.

2.

Vielleicht, sagte Vashtis Mutter, machst du ja jetzt eine Diät.

Man bekommt keinen Bauchspeicheldrüsenkrebs, sagte Vashti, weil man mollig ist.

Wenn man nicht auf seine Gesundheit achtet, sagte ihre Mutter, muss man damit rechnen, dass sich Beschwerden einstellen.

Die Frau im Zimmer nebenan, sagte Vashti, ist jeden Tag fünf Meilen gelaufen und hat sich makrobiotisch ernährt. Wieso hat Gott *sie* gefällt?

Gott ist groß und unbegreiflich, sagte ihre Mutter.

Das ist aus dem *Buch Hiob*, Norman, sagte Vashti, in dem wir erfahren, dass Gott Hiobs zehn Kinder umgebracht hat, nur um Satan irgendetwas zu beweisen. Da fragt man sich schon, oder?

Ich an deiner Stelle würde Ihn jetzt nicht provozieren, sagte ihre Mutter.

Er hat Wichtigeres zu tun, sagte Vashti. Es würde mich nicht überraschen, wenn Er in diesem Moment an einem Mittel gegen Krebs arbeitet und vielleicht AIDS noch dazu. Obwohl man sich schon fragt, warum Er zulässt, dass es solche Plagen überhaupt gibt.

Mir ist schleierhaft, wie Sie es mit ihr aushalten, Professor, sagte ihre Mutter.

Norman, sagte Vashti, fördert das Beste in mir zutage. Das Dumme ist nur, dass ich nicht weiß, wie lange ich noch so nett sein kann. Bei Krebs neigt man als Frau gern mal zur Biestigkeit.

Erstens, sagte ihre Mutter, könntest du deine Zunge im Zaum halten, und zweitens hatte Miz Wilkens' Tochter das, was du hast, und die ist seit über fünf Jahren in Remission. Habt ihr zwei eigentlich vor zu heiraten?

Und wenn es so wäre?, sagte Vashti.

Ich habe nur gefragt, sagte ihre Mutter. Müsstest du da Jüdin werden?

Ich bezweifle, dass irgendwer irgendwas wird, sagte Vashti. Aber gewöhn du dich mal an Norman. Du könntest lernen, wie Kartoffel-*latkes* gemacht werden.

Ihre Mutter machte den Koffer auf und holte eine Papiertüte voller Bananen heraus.

Sieh mal, was ich dir mitgebracht habe.

Danke, Mami.

Als sie noch klein war, Professor, sagte ihre Mutter, hat Vashti so viele Bananen gegessen, dass ich mein Äffchen zu ihr gesagt habe.

3.

Die Trauerfeier fand in der Kirche von Vashtis Mutter statt. Der Pastor war eine Frau. Norman saß neben Vashtis Mutter in der ersten Bank. Cogan und Selma saßen eine Reihe hinter ihnen.

Die Pastorin erzählte die Geschichte von Vashtis Leben, allerdings ohne ihren Vater und Richard und Shirley, und dankte dem Herrn dafür, dass ihr guter Freund Professor Norman Goldstein in ihren letzten Tagen bei ihr gewesen sei. Vashti, versicherte sie der Gemeinde, sei nun bei ihrem Heiland und werde eines Tages mit allen, die sie liebte, wieder vereint sein. Das Gesicht von Vashtis Mutter war eine Aschanti-Maske.

Der Chor stimmte »Precious Lord, Take My Hand« an, und Norman hörte hinter sich Cogans klagende Stimme.

Nachdem die Pastorin ein letztes Mal mit der Gemeinde gebetet hatte, drehte sich Vashtis Mutter zu Norman und legte die Hand auf sein Gesicht.

4.

Einmal im Monat fuhr Norman mit dem Zug nach New York zum Essen mit Vashtis Mutter und ein paar Frauen aus ihrer Kirche. Obwohl es die in seiner Kindheit zu Hause nie gegeben hatte, tischte Vashtis Mutter ihm jedesmal Kartoffel-*latkes* auf.

EPILOG

»Das positivste Wort der englischen Sprache« liegt nach wie vor in Normans Schreibtischschublade.

Cogan hat eine Stelle an der Universität von Galway angenommen.

Selma hat graue Haare bekommen. Sie und Norman telefonieren ab und zu, sehen sich aber nur selten.

Beatrice Jackson lädt neuerdings Elder Brockington zu sich zum Tee ein.